MARÍA LA VOZ Y OTRAS HISTORIAS

LECTURAS 21 MEXICANAS

Lecturas Mexicanas divulga en ediciones de grandes tiradas y precio reducido, obras relevantes de las letras, la historia, la ciencia, las ideas y el arte de nuestro país.

JUAN DE LA CABADA

María La Voz

y otras historias

María Kabela

medio siglo 1934-1984

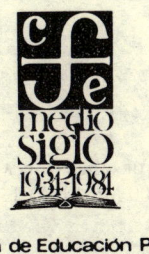

Secretaría de Educación Pública
CULTURA SEP

Primera edición en Colección Popular, 1981
Primera edición en Lecturas Mexicanas, 1984

D. R. © 1981, Fondo de Cultura Económica
Av. de la Universidad 975; 03100 México, D. F.

ISBN 968-16-1631-6

Impreso en México

MARÍA, "LA VOZ"

I

Techo de palma y tapia de bejuco entretejido, la choza que es hogar del viudo Régulo, esquinábase con el atrio de la parroquia y el descampado de la plaza.

Al patio un chiquero de cerdos, media docena de cocoteros, ociosa paila negra, varias plantas de maíz, guías de calabaza y, bajo el templete que sombreaba la cocina (restos de leña quemada, tres piedras del brasero triangular, ceniza todavía caliente): los sopores de dos perros. Lluvia lejana señalaban quebrados relámpagos en la espesura nubarrona de la noche.

Dentro, por un rincón, la gallina sobre su camada. Fronteros, dos catres: el del viudo y el de su hija. Separábalos una mesa de caoba con lámpara de aceite, apagada entonces, frente a un retablo de San Jerónimo, patrón del pueblo. Otro retablo igual teníase mandado a la parroquia. Mudo pasó el gato entre los catres y las patas de la mesa. Régulo roncaba. La choza yacía sumida en las tinieblas.

—¡Ahí, papá!, ¡Ahí está el...! ¡Ay, papá!

La hija de Régulo, medio desnuda, sacó una pierna a la orilla del catre.

—¡Ay, papá!

El padre se incorporó.

—¿Qué?...

—La... voz.

Mientras Régulo pretendía raspar un fósforo, algo

salió del rincón opuesto al de la gallina: *No hagas más escándalo, muchacha, y duérmete.* El movimiento de Régulo quedó suspenso.

—¡Ay, la... voz! Es él —clamaba la hija.

El viudo raspó el fósforo, prendió la lámpara de aceite y, con la luz del cabo de fósforo, saltó a registrar el rincón.

Registró debajo de los catres. Llevóse la lámpara; registró afuera y volvió, flama en mano, azorado y compungido.

—Ma - ría...

—Papá... ¡Él!

—¿Quién? ¿Quién? —gritó el viudo, amenazante.

—Su voz que adentro ronda.

—¿Quién, María, hija? ¿Quién?

—La voz del alma de Andrés Magaña.

—Velándolo estarán en su casa, hija. Son los Magaña unos perdidos.

María continuó:

—Fui la primera que lo vio, lo vi morir. Antes de obscurecer, venía yo de Atoyac bajando el cerro con el cesto de compra en la cabeza. De una orilla del camino brotó su voz: *"María, virgen, te lo digo a ti sola, porque siempre fuiste querida para mí. No lo digas a nadie: fue Pablo Canepa—* 'El Espejo' *—mi asesino. No lo cuentes, que ya me vengarán".* Torció el cuello y una piedra ladera le majó los rizos del pelo ensortijado. Sudaba muerte su frente pálida. Sangre y coágulos verdes vomitaba su boca amoratada. Tenía una mano a la cacha del machete en su funda; tres machetazos en el pecho, negreando de vello crespo, y otro en el brazo peludo. Llevaba la camisa arremangada...

Escasa de aceite, la lámpara chisporrotea ligeramente y se apaga. Régulo habla:

—Todo el mundo sabe que fue Pablo Canepa —"El Espejo"—; él mismo dio el aviso y se entregó.

—¡Miedo que ha de tenerle a los Magaña! —sentencia María.

De nuevo retumba el rincón: *Cállate, mi niña.*

—¿Oíste, papá? —prorrumpe, abrazada al padre, la muchacha.

—El alma de Andrés Magaña que pena huyendo del infierno y es más grande su penar. ¡Ánimas del cielo, que Dios se apiade de esta ánima y la tenga en su lugar!

—Si era... ¡Era su voz! —suspira María.

Entre hilos de lágrimas aprieta el arco de sus brazos que atraen más y más convulsamente hacia el suyo el cuerpo de su padre. Suéltase al rato, para reanudar:

—Pues en esto oí un clamor que se acercaba, y seguí cuesta abajo con la compra... "María, ¿qué has visto en el camino?" —me dijeron. "Nada" —les dije—. "Porque Andrés Magaña está mal herido; nosotros vamos por su cuerpo". Y subieron los hombres armados, a caballo.

Toma de súbito las manos de su padre y con ellas en disimulada lucha restriégase gimiente, frenética, estertórea, los senos de aceituna duros, los muslos resbaladizos y los contornos de sus caderas tensas.

No duró así más de los segundos precisos para que la repeliera el brusco ímpetu del padre.

Acuéstese viejo. Deje seguir a María su camino —mandó la voz.

Hija y padre miraron al rincón. María tendióse a

beber su llanto bajito, silbante, contenido. El viudo se arrodilló ante el retablo, cuya inscripción hablaba de fe y agradecimiento a San Jerónimo por los milagros con que favoreció al devoto cuando trataba de morder a éste una serpiente cascabel y cuando sufrió el asalto de unos criminales. En ambas ocasiones el doctor celeste lo salvó, poniendo entre víctima y victimarios densas nubes que hicieron incorpóreo al mortal *Régulo Núñez*. De rodillas, los brazos en cruz, la vista ora al suelo, ora al techo, entonando el Magnificat, estuvo hasta el alba, en que las primeras campanadas avisaron el Angelus. Cortó el rezo, auscultó el sosiego, la tranquila respiración del sueño de María y corrió a la iglesia. Pasó a la sacristía y entrevistó al párroco. Convinieron en que durante la misa de ocho, públicamente se haría el Exorcismo, pues —decía el párroco— a mayor divulgamiento más humillación del poder infernal y mejor eficacia del acto en la penitente.

Régulo regresa, entre colérico y medroso.

—¡Despierta! Vístete de negro...

—Eh, papá —sonríe la hija. Tiene catorce años y una pubertad extraordinariamente bella, pero con el estigma de un desarrollo demasiado exuberante.

—Papá...

—¡Cúbrete! No podrás tocarme ni tocarás nada en la casa, mientras no alejes de ti a Luzbel o Satanás. ¡Quién sabe hasta qué trance pecador llegará tu alma, para venir no sé cuál de ellos aquí a profanarnos con su voz!

—...¡Pobre de mí, Régulo Núñez, con la hija única —el anciano se golpeaba el pecho—, la hija mía, mía, de esta pinta! ¡Pobre de mí, pobre de ti! Vístete pronto, que vamos a la iglesia. Toda de negro has de ir vestida.

Los brazos en alto, los párpados enrojecidos y aguanosos, añadió, bajo y hueco el tono, para sí:

—Sobre todo he muerto y ha muerto ella. Nunca podré mirarla, nunca podrá mirarme. No podré verla de frente ya más nunca.

Tras profundo sollozo resonó el rincón: *¿Estás loco? Te despedazas tú y despedazas con tus demencias a tu hija.* Frío temblor sacudió el cuerpo de Régulo.

Compacta la boca, pétreos los labios, la mirada extática, María permaneció absorta un instante. Luego, a pasos pausados, fue a vestirse de negro. A distancia del padre entró al templo. Se le esperaba con ansiedad. Muchos, los jóvenes particularmente, no habían presenciado nunca un exorcismo. La arrodillaron entre las gradas del altar mayor, frente a una pequeña pila de agua bendita, cuyo fondo le indicaron debía mirar fijamente, sin distraerse, durante la ceremonia. Ofreciéronle un devocionario, pero como no sabía leer, el ofrecimiento resultó baldío. El sacristán batió el sahumerio, el párroco el hisopo, ambos la lengua con sus conjuros, y las bendecidas gotas rociaban a la posesa. De pronto, ruedan estrepitosamente humo de incienso, ceniza y candela del sahumerio; cabriolea —roja sotana y roquete blanco— el sacristán y, un dedo temblón, apunta pávido:

—¡Ahí está! Ahí. . .

—¿U-u-u-u-u. . .? —apelmaza el murmullo de la parroquia y, embrocada la cabeza casi dentro de la pileta, chilla el sacristán:

—¡El brazo peludo!

—¡U-u-u-u-u. . .! —gruñe la iglesia toda, en desolado gesto de terror.

Las manos del cura silencian el murmullo:

—La Divina Providencia *se* apiadará de ti, mujer. Su misericordia infinita te salvará; lavará tu alma; sanará tus úlceras, y de allí saldrá huyendo el Enemigo con su pestilente corrupción. La desgraciada tendrá que permanecer tres días en la Casa de Dios para echar a Satanás fuera de sí. A ver, ¿qué opina el padre de la infeliz?

—U-u-u-u-u —giró el coro de cabezas hacia el viudo.

Lo único que se mantenía imperturbable era el grácil bulto de María: rígido; cruzado de brazos; bajos los ojos; sumisa la inclinada cerviz, cubierta del chal negro.

—Que se quede —respondió Régulo, yéndose con la mirada por el suelo, amarga la trémula garganta, su sarape al hombro y su sombrero ancho, de palma, entre los dedos.

En lucha contra el menoscabo de su dignidad trataba de erguirse, de levantar su estatura con desdén y sufría, al mismo tiempo, de no poder sustraerse a la espectación de los vendedores y del campesinaje vacante del domingo. "Yo, Régulo Núñez" —le hormigueaba entre viscosos roces de ratón, de un lado a otro de la frente, y recorríale del cuello al pecho, en asco, ira y pesadumbre inenarrables. "Y no volteará a mirar" —golpeaba en hueco tic-tac dentro de su mente vacía como una gran campana—, que a la vez le instaba con impulsos desquiciantes a correr, a escapar del martirizador efecto de clavos que, al paso, le producían su suposición de miradas en la espalda.

—¿A dónde tan de prisa, ñero Régulo?

—¡Donde le importa un pito a nadie! —dijo, apresurando el andar para alcanzar el cortejo y unirse al sepelio de Andrés Magaña que desembocaba por la plaza.

Algo reconfortado, aunque batido entre su propio sudor acre, regresó del cementerio, con la ropa en cataplasma, bajo una temperatura tórrida de siesta.

Ya dentro de la soledad de su casa, tendióse, sin apetito y en ayunas, a dormir; pero no pudo. ¿Cómo dejar de mirar hacia el sitio de las voces misteriosas? Se alentaba: "le he visto bien, bien la cara, cuando destaparon la caja en el cementerio". Y decaía: "anoche también ya estaba muerto. Sin embargo..."

Levantóse; prendió una cera nueva y adosó el retablo de San Jerónimo al rincón. En tierra, ante la llama y el Santo, oró por el alma de Andrés Magaña.

—Que Dios la saque de penas...

Nuevamente se acostó. Suplían al sueño monólogo e imágenes asociados con los hechos más salientes en la vida de los Magaña: "Eran cuatro hermanos: Arcadio, Ramón, Tránsito y Andrés. En 1913 —hace tres años—, cuando las fuerzas del anterior gobierno tomaron la plaza, los Magaña, parapetados en las torres de la iglesia, la defendieron contra un batallón de seiscientos hombres. Viéndose perdidos bajaron y pusieron dinamita dentro de la parroquia. Voló una torre. Así lograron huir. En los montes reunieron gente, la armaron y recuperaron la plaza un mes después. Más tarde repartieron tierras. "Despojaron a los legítimos propietarios". "¡Entre ellos a mí!" Arcadio, Ramón y Tránsito desaparecieron: "que el uno anda por los Estados Unidos", "el otro quién sabe dónde", "que Ramón entró a la marina y es ahora capitán de un barco". "Sólo Andrés —el más joven— se quedó aquí haciéndole frente a su destino, y encontró la muerte".

En esto, a la cabecera del catre apareció una anciana.

—¡Régulo!

—¿Ah? Emilia...

—Vengo, hermano, sofocada. Nos llegaron noticias en Atoyac. Dejé a medias la comida. ¡Tres horas bajando el cerro por verte, sin parar, con mis achaques y estos años encima!

—Corre más pronto el mal que el bien —comentó el viudo.

Su hija estuvo no tres días, sino una semana en el curato. Como, según veredicto del párroco, aún no la abandonaba Satanás, designósele, para que se alojara, el tinglado del patio, cerca del incesante hozar de los marranos.

Cierta mañana pidió Régulo:

—Emilia, sácame de aquel cofre un canuto de hoja de lata y la mochila que está junto.

La hermana trajo al hermano los objetos.

—Aquí —desataba el enfermo la mochila— hay trescientos pesos.

Los repasó entre sus dedos amarillentos, secos, trémulos.

—Cien para ti, cien para los gastos que se ofrezcan...

Ahuecado el delantal giró en redondo la vieja y, provisoriamente, volcó la plata sobre el otro catre.

—Estos cien y el canuto para mi hija. Llévaselos.

La anciana pasó el tinglado y, rasantes los labios en una oreja de la joven, siseó algo no por entero perceptible.

—¿Qué? —indagó María.
—Lo del canuto.
—Son las escrituras de la casa y del terreno, el arrozal...
Mirábanse soslayada y raramente.
A los pies de la tía, en la boca misma de su falda y reptándole con helado tocamiento por la epidermis rugosa de sus muslos, sopló la voz: *Deja en paz a tu sobrina. Apenas muera su padre, vete de la casa y hasta del pueblo y nunca vuelvas, que sé muy bien tus negras intenciones de robarle. Para protegerla, yo me basto.*
Despavorida, la tía Emilia había salido ya del tinglado, santiguándose.

El entierro de Régulo es un sábado. A media tarde viene el féretro. Poco después, suspendido de los aros, a pulso lo transportan docenas de amigos con cabezas descubiertas y negros pantalones bajo las faldas de camisas blancas, anudadas por delante. Salen. De último va, también, la tía Emilia, quien sin detenerse a mirar tira de paso las llaves, a través del tinglado, a su sobrina. No cruzan palabra, y con odio recíproco para toda la vida, cumplirán el tácito acuerdo entre ellas de no volverse a ver jamás.
María entra. Feroz, atónita, mira alrededor del aposento umbroso, desdeña su propio catre, prívase y queda hecha sierpe y leona, en soponcio de rugidos y retortijones sobre el lecho que acaba de dejar su padre.
Hasta el primer martes posterior, cegada por candente luz de meridiana plenitud, no viéronla en la calle. Colgábale un morral de dibujo vivo al brazo. Dentro iba su herencia: los cien duros de plata, que trincaba grueso paño, y el canuto de las escrituras.

Temerosa del robo, no abandonaba su caudal a la desprevención, y por mucho tiempo lo llevó consigo —incluso para el sueño—, pegado al cuerpo. Realmente hambrienta, ese martes fue a la tienda y compró víveres para toda una semana. Alternaría, después, el tedio sedentario, distribuyendo sus salidas en tres fechas fijas con nombres peculiares: "tienda", a diez pesos; "el río", para lavar; "mercado", enfrente, los domingos. Lo demás: cocinar y coser; engordar y atender los animales; asear casa y patio; bañarse, comer y domir.

No tenía sino un vestido negro, el que llevó al exorcismo. Mudarlo por otro de distinto color equivalía cada vez a que el vecindario la zahiriese:

—Sin duda lleva, pues, el diablo dentro. No hace ni un mes que falleció Régulo, y ya va de colorines. Ni así —minúscula seña entre las uñas—, ¡ni así de cariño le tuvo al difunto!

El hostil aislamiento a que la condenaran durante más de un año, sirvió para crearle una naturaleza firme y altiva, contradictoria al exterior mórbido y a un mismo tiempo sumiso, apocado, que aparentaba. En su retiro, hecho ya predilección, voluntaria necesidad, aquellos accesos tan inesperables como constantes, eran regulados más y más por el dominio propio, gracias a los ejercicios sin tregua a que se sometía. A su inteligencia prodigiosa no era obstáculo su ignorancia —sino, quizás, complemento— para rendirse culto a sí misma, un culto, si bien desmesurado dentro de cualquiera otra situación, imprescindible dentro de la suya, por cuanto entrañaba, hasta en lo físico, recurso de defensa. Presentía vagamente su triunfo y las peripecias de su porvenir, en que lo imprevisto y fabuloso debían ser símiles de lo natural respecto de su existencia. Todo ello germinó y madurábalo su subconsciente con irradiaciones de satisfacción y anhelos de desquite. Durante su infancia entera no escuchó sino alabanzas, eglógicas lisonjas a su hermosura, su gracia y su viveza. La hosca repulsa después le fue tan ruda, que sólo el salir a la calle presuponía ganar una batalla de resistencia al pánico. No obstante, como don espontáneo, nato en quienes una tarea les represente imperioso, sumo esfuerzo, sus tres salidas por semana le bastaban para sus propósitos de examinar seres y cosas. ¿Podríase imaginar la lucha que silenciosamente libraba aquel temperamento, de suyo engreído y taciturno, para combatir las humillaciones en que la colocaba su situación, al par que hacer sentir su desdén y resultar superior al medio que la circundaba? Entre las desventajas de la soledad, únicamente la soledad puede dar a tal suerte de débiles, en atmósfera semejante, la ventaja de fortalecerse y formarse una reflexión, un carácter "como un pasatiempo". Y cual si se tratase de uno de sus apasionantes juegos callados, antiguos, de muñecas, ella no llegó a resignarse sino a querer esa lucha, estimulada por los vislumbres de una vida diferente de la ordinaria. Veámosla en su soledad, complacida en reconstruir e interpretar caras, gestos, actitudes, hábitos, palabras, ademanes... Su tenaz gimnasia de la memoria facilitábale saber exactamente los colores y formas de las casas, nombres y ubicamiento de los árboles y hasta las posiciones de las piedras.

Más tarde seleccionaría su lenguaje singular.

Comenzaba, entonces, a deleitarle la sensación de causar extrañeza o miedo; un interés, cuando menos, no compartido con nadie en el pequeño pueblo.

II

Uno de tantos domingos de mercado, Inés, vendedora de tomates, tapaba con costales un chiquihuiti grandísimo de Matilde, vendedora de loza, a quien María le compraba a la sazón una cazuela.

De improviso, chilló Matilde:

—Mi chiquihuiti, ¿dónde está? ¿Dónde? Se lo voy a sacar del alma misma a quien me lo robó ¡Aliviada está una con tanto trabajar para perder así la mísera ganancia! ¡Vamos!

Púsose en jarras:

—Eso aparece o . . .

Suspensa la cazuela, María la sonaba, probándola, en golpecitos con los nudillos de los dedos. Boquiabierta, enmudeció Matilde. . . *Tu chiquihuiti está allí debajo de esos costales.* Erguida, contraídos los labios, María señalaba el sitio.

—Cuídame aquí —suplicó la vendedora de loza.

Descubrió y trajo, arrastrando, el chiquihuiti.

—Gracias a ti. ¡Muchas gracias! No es nada la cazuela; llévatela —dijo a la compradora y le tiró, cauta, del chal, para que viese cómo depositaba una moneda pequeña, de plata, en el vidriado plano del asiento circular de la vasija.

Con rubores de novicia mercenaria regresó María del mercado.

Averiguan otras "placeras" preguntonas:

—Matilde, ¿quién te dijo dónde lo habían escondido?

—Esa. . . la hija de Régulo: María-la-Voz.

—María... la... voz... ¡Ah!

—María, la Voz.

Por la mañana del día siguiente, muy temprano, llamó Lupe Cadena: —María...¡Juu! ¿Se puede?

Abrióse la puerta.

—¡María! ¡Qué floja! ¿Todavía no sales a lavar, mujer?

María ofreció un taburete a Lupe y se sentó en otro.

—No voy hasta la tarde; no tengo mucha ropa.

—Anda... qué bonita, qué linda que te has puesto, desde que no nos veíamos... de chicas. ¿Te acuerdas?... Pues yo, mira, sin temer el qué dirán ni nada, vengo a visitarte, y aprovecharé para hacerte una consulta. ¿Sabes? Han desaparecido unos zarcillos de oro y rubíes que me tocaron de lo que dejó mi tía Casilda, la difunta.

Meditando, con la frente sobre la mano del brazo izquierdo en arco, recordaba María cierto añejo transporte hundido allá en los albores de su uso de razón, transporte que grabó a perpetuidad la figura de don Sixto, siempre borracho, en la misma cantina... *Don Canuto, el cantinero, tiene guardados los zarcillos.*

Invadió a Lupe un raro escalofrío.

—Ya ves lo que dice "él", don Canuto los tiene —aclaró María.

—¿Don Canuto?...

—Eso "dice".

María se levantó a retirar del fogón el pocillo de su desayuno.

—Acompáñame, María —rogó Lupe—; acompáñame, por si me los niega. ¡Miren al viejo tracalero!

Llegaron las dos jóvenes ante el mostrador de la

cantina. El cantinero se santiguó, como correspondía frente a una posesa.

—Deme usted los zarcillos.

—¿Zarcillos? ¿Qué zarcillos? Yo no vendo aquí de eso...

Se los trajo aquí don Sixto, el padre de Lupe. No haga que entre yo a buscarlos y lo ponga en la mayor de las vergüenzas.

Detrás del mostrador, el cantinero, sin dar la espalda, azogado y tartajoso fue como resbalando horizontalmente hacia un cajón.

—¡Ah! Unos aretes...¡Eso habían de decir! Me los trajeron a empeñar por cuatro pesos...

Por menos.

—Me parece que fueron cuatro. ¡Vaya, que sean tres!

Lupe pagó con un billete de cinco pesos. Ya en la calle, María recibió las dos monedas que sobraron.

Y presto acudirían Emilia, Rudesinda, Rafaela, Graciana, Flora, Filomena, Macaria, Filogonia, Domitila, Damasena... Si hubiera cartas de por medio, haríase leer tres veces los escritos, y saldrían de la infalible voz los vaticinios: *No te quiere... Tiene a otra... Sí, sí te quiere,* o aconsejaría *Dale celos. No le hagas caso. Correspóndele.*

Entonces gobernábanse así, tan elemental, tan simplemente, ansias, amores, corazones.

Reúnen las madres a los niños:

—Todos aquí dentro, que María y yo vamos al corral sólo un ratito.

Exacerbada la curiosidad a cuenta, justo, del apercibimiento, los chicos fisgan por cualquier intersticio con mayor empeño. Deslizándose, después de la consulta, atraviesa una mujer espigada, bellísima y extraña, de piel tersa y lustrosa como aceite; pupilas oscuras, quietas, de impasible cristal; cabello brillante, negrísimo, lacio y duro, en limpia trenza sujeta por listón de tono llamativo, que parte del nacimiento de la nuca y remata en lazo al sesgo sobre el contorno oval de la cabeza. Cierta noche que los chicos corretean por la plaza, ocúrreseles salirle al paso a María y motejarla: "¡María, la diabla!" Noches después reciben invisible pedriza, bajo la voz que los persigue: *Castigo de María*. Empavorecidos llegan con la novedad a sus familias, que unánimes resuelven:

—No se burlen de ella, porque "él" para defenderla y vengarla, puede ser muy capaz de hacerles Mal de Ojo, si no es que de arrastrarlos por los pies al otro mundo.

El leñador Pascual cae de su asno, a resultas de misterioso, repentino golpe que le priva. Molido, lo recogen al siguiente día en el camino. Algo, como gigantesco monstruo, lo había vapuleado. Le parece obra de encantamiento, y atribuye el caso a que horas antes, al salir de una taberna, hizo pública chacota de María.

En época de luna, los solteros refiérense sus cuitas. Nadie puede decir que la ha hecho suya, aunque a poco rogar ella consiente. Pero no empiezan los galanes todavía, con la luz apagada, las caricias, cuando son víctimas de alfilerazos, pescozones y patadas, que los acuestan en medio del arroyo, al trueno de la voz: *Son todos los de aquí unos abusivos. ¡Canallas! Pero no podrán conmigo. ¡Fuera! ¡Fuera!*

—Es que "él" está celoso —termina la conseja.

Los familiares no acaban, sin embargo, de recomendar constantemente a los hijos en edad de desarrollo, que tengan buen cuidado de no relacionarse en absoluto con María.

Delante de ella suelen sobrevenir alusiones tocantes a la leyenda de aquel pérfido ensañamiento para con los hombres.

—Yo no sé... Es "él" —sonríe, y tras corta pausa interviene la voz: *¡Claro! No voy a dejarla para pasto del sucio placer de vuestros hijos.*

Las madres ríen tranquilizadas, satisfechas.

Viene tiempo en que rehúsa atender a su clientela.

—No contesta el "amigo" —explica.

Vuela más tarde la noticia.

Perdió la voz. Está embarazada.

—¿De quién? —pregúntanse.

—Nadie sabe...

—Y "él" está celoso. Anda ella muy triste, porque "él" le retiró la palabra.

María sale del parto. Ahora más que nunca necesita allegarse recursos. Carga con su hijo y entra en la primera casa abierta.

—Buenas tardes.

—Buenas. ¡Cuánto tiempo de no verte! ¿Es tu niño? ¡Qué bonito!

De repente, la Voz: *Ya me reconcilié con María. Hoy que es madre, debo cumplir mi obligación de cuidar de ella y su criatura.*

María finge ofenderse:

—¡Pues me saqué la lotería! ¡Ni tan necesitada que estuviese de él!

Bien desolada que estabas.

—No lo hagas desesperar, mujer... Es que te quiere —intercede el ama de casa, jubilosa, porque ahora ya sabrá dónde paran unas enaguas que le hurtaron ayer del tendedero.

La especie cruza de punta a punta el pueblo.

—...así se reconcilió "él", y ella recobró la voz.

Pero, pocos meses después, la gente vuelve de misa erizada en comentarios:

—No se le había visto la cara desde que mató a Andrés Magaña.

—Sí, porque cuando salió de la prisión, no se le vio. ¿Dónde estaría escondido?

—Vive en casa de María-la-voz; allí duerme y come. A menudo paséase con ella, como si tal, como si fuera su marido.

—¡Cuándo acabará este rebumbio para que pueda descansar el alma en pena de mi sobrino Andrés Magaña!

—¿Pero cómo habrá sido eso? ¿Cuándo? Porque, no cabe duda, el hijo tiene la misma cara de "El Espejo".

—¡La misma cara! ¡Y sin habernos dado cuenta! ¿Pero quién podía imaginarse que... precisamente con él? ¡Cómo si no hubiese otro hombre en este mundo!

Por grupos despejan los fieles el atrio de la iglesia. Lupe Cadena afirma terminante:

—Ayer fui de consulta y el "amigo" no contesta. ¡Ahora sí, ahora sí le quitó la voz para no regresar nunca jamás!...

De prisa van las dos amigas, ante proposiciones de reunirse y hablar cada una con su novio.

—Puesto que Canepa ha vivido casi un año donde María, ¿no será obra de Canepa— "El Espejo"— todo, tanto las pedradas a los niños, como los golpes a los enamorados y la paliza que cayó sobre Pascual, el leñador? —deduce Domitila.

—¿Pero la voz?— replica Lupe.

¡Las voces! Las daría el mismo "Espejo" al atacarlos...

—Tal vez pueda ser... pudiera ser, ¿aunque no te acuerdas del exorcismo, del sacristán y del brazo peludo en el agua bendita? Todo es de fiar y desconfiar. Todo y nada es seguro en lo que es negocio del Demonio...

El misterio del embarazo, ¡cuán sencillo! Tiernamente le tomaron una mano. Sentada estaba María dentro de la cueva obscura.

—¿Espejo, de veras tienes miedo a que te maten?

—Mucho miedo —respondió el hombre flaco, pálido, con la barba crecida y la ropa hecha pedazos.

María pensó: "y yo, ¿no tengo miedo también a todo el mundo?"

—Como la pólvora se regó que habías salido de la cárcel.

—Anteayer...

Esa tarde, por primera vez desde la muerte de su padre, la joven fue a visitar el terreno cuyas escrituras heredara y que, de no trabajarse en siete largos años, era ya campo yermo. Deteniéndose a trechos, andaba con el vestido arrefaldado. Abrojos y otros pinchos silvestres armonizaban con el zumbar de grillos y libélulas, que hacían más palpable el silencio, donde un sol a plomo deprimía aún más el ambiente, agónico ya de sequedad y amarillez.

Dio con el pozo. Al pie del brocal remataba un sendero en declive; tragábase el límite opuesto, distante unas veinte varas, la lóbrega boca de una cueva.

—Es curioso —pensaba María—, que menos ésta, todas las otras veredas se han borrado.

E iba por la angostura, del pozo a la cueva, con esa su virtual presteza de ejecutar, de traducir en actividad inmediata sus ideas.

—¡Espejo! ¿Eres tú? ¿Qué haces aquí?

El hombre la miró con expresión de vencimiento, de indecible angustia.

—No tengo a nadie y he venido para huir de la venganza...

—¿A esconderte?

—Sólo por salvar la vida. Nos llegó el rumor hasta la cárcel... Si es cierto, sus hermanos no pensarán en buscarme aquí. ¿Es verdad que tú tienes la voz de "él"?

—Muy cierto...

"El Espejo" respiró en transfigurado semblante de alivio y de dulzura.

—Perdona... ¿Me perdonas?

—"¿Perdón?"... La fuerza entera de su sexo, de su feminidad, afluyó palpitante a sus entrañas. Con esta palabra, que hasta entonces ningunos labios le habían dirigido, María era ya madre.

Pasada media noche, golpean a la puerta.
—¿Quién?
—Abran.
—Es Arcadio Magaña —bisbisea "El Espejo"—... Ar...ca...dio Ma...gaña.
—Voy —grita María, para el que aguarda fuera—. ("Vístete", le sopla a Pablo, "coge el machete y ocúltate a un lado de la puerta").

Vuelven a golpear violentamente.

—Ya voy... ("Yo me ocultaré del otro lado",...— insinúa ella.)

Listo a la alevosía, Canepa se persigna y queda en espera a ras del catre.

—¡Que ya voy!

Fulminado cae Arcadio, y sobre la misma yegua que trajera, huye a los montes "El Espejo".

Aprisionan a María, que pierde casa y terreno en abogado para obtener la libertad.

Ahora que ella es desgraciada, que sufre la calumnia y está sola con su hijo inocente, no puedo abandonarla. Yo sólo he sido y soy, le seré fiel: el único —resonó, primero, en los rincones de las galeras de la cárcel, y, luego, en las esquinas de las calles.

Mas, por entonces, lo que hubo de adivinar en el pueblo estaba adivinado. A veces, para no perecer de hambre con el niño, debía tomarlo de un bracito y llegar, como por casualidad, a la hora de mesa en los hogares, donde, intranquilos ante la maléfica presencia, sórdidos aceleraban el embuche, sin responder casi al saludo.

¡Ay, de qué negra entraña son por acá! Saben que María no ha comido, ven que está necesitada, y ustedes tan frescos hartándose.

María protestaba:

—¿Pero no digo bien que "éste" no hace más que avergonzarme?

En seguida se levantaban ora las madres, ora los padres de familia:

María siéntate. Sí, mujer; donde comen ocho comen

diez. Al cabo eres de confianza... Comerás con tu criatura de lo que hay.

Sí, María, no seas boba; cógeles la palabra a estos hipócritas, que si no fuera por mí...

Los chiquillos mirábanse perplejos, mientras las personas mayores sonríen:

—No le hagas caso...

¡Bah, bah, los muy ladinos! Me odian a más no poder y tal parece que se ponen de mi parte. ¡Gracias a que los conozco!...

—¡Cállate! ¡Insolente!, ¿callarás?

María estaba ya comiendo, cargada con el hijo.

En cuanto alguien iba a tocar la mejor fruta, mandaba la voz: *esa frutita para el niño.*

Poco antes de despedirse, rogaba: *un vestidito, un vestidito para el niño.*

A rebasar el colmo de infortunios, llegó un circo trayendo un ventrílocuo de la legua entre sus atracciones. Después de la función, mientras encamínabanse a dormir, dijo el cantinero, aquel de los zarcillos, don Canuto, al sacristán:

—Me parece que lo mismo que hace la mentada María-la-Voz, lo hace con sus muñecos, por diversión, éste del circo, sin tanto misterio, más barato, y acaso sin que tuvieran que ver con él ni mojiganga de exorcismo, ni aspavientos de brazo peludo al canto.

—¿Y las adivinaciones, tío Canuto? —satirizó, mordaz, el sacristán, rascándose las dos orejas en alusión al fallido trapicheo sobre los zarcillos—. Eso no pudo inspirarlo sino el Espíritu Maligno. Y las adivinaciones, ¡diga!, ¿cómo se las explica? —e hizo el signo de la Cruz.

Amoscado y confuso plegó, selló los labios don Canuto, sin brío ni otra gana de aventurarse a discutir.

Se acercaban las elecciones. Uno de los candidatos, Luis Martínez, sostuvo cierta charla con María. Cerraron trato, mediante el cual obtuvo ella la promesa de que Pablo Canepa, "El Espejo", regresaría y no sería preso ni molestado por ninguna autoridad.

Rodaba la Voz clamando: *Luis Martínez ganará,* y casi toda la población votó por él.

María, sin embargo, no disfrutó del ofrecimiento, pues antes de asumir el mando el candidato triunfador, vino la novedad:

—Mataron a Pablo Canepa en Acapulco.

Nadie escuchó ya más la Voz.

—Se le fue; pero ya le volverá —comentaban.

Un médico titulado, de quien se ignoran los motivos que le impulsaran a recluirse por aquellos lugares, le decía al cura, de sobremesa, en ocasión de tomar el chocolate: "La verdad es que, durante la noche que sirve de comienzo a la historia que usted me hace, esa mujer adquirió, a resultas de hablarse siempre para sí, el hábito de reproducir —involuntariamente al principio— algunos pensamientos en sonidos articulados, que fingían emitirse desde lejos. Era sólo un caso de ventriloquia obsesionante. Pero ella ignoraba lo que era, por qué era y que, además, padecía de histeria".

Estableció un pequeño negocio, gracias al puño de monedas, recompensa del victorioso Luis Martínez.

Vendía por las noches, dentro de su casa en fondo negro, junto a las puertas de la calle. Era detrás de una mesa, entre platos y un gran caldero, de pozole, a los reflejos de un candil con espirales de humo espeso. El caldero, colmado, del pozole, borbollaba sobre el fuego.

Pasan dos sombras a caballo y piden desde fuera:
—¡Dos pozoles!

Mientras María se inclina a servirles, una de las sombras le asesta un tajo al cuello.

Su cabeza cayó sobre el caldero, con las madejas largas de cabellos grises a los bordes.

El hijo despertó, llorando.

Ramón y Tránsito Magaña bebían viento en las tinieblas de la noche.

Amanece San Jerónimo con los cuentos en la plaza:
—Mataron a María-la-Voz.
—Hacía mucho tiempo que se le había ido la Voz.
—¡Qué vida triste!
—¿Saben quién tiene ya La Voz? Le apareció a la niña Lutgarda, de Atoyac. Ahora ella la tiene.

CORTO CIRCUITO

No lejos, a dos leguas apenas de Pidiliditiro, el último villorrio que la línea ferroviaria toca, está ese bosque donde cruza un camino y existe aún aquella casa de una sola planta, jardines laterales, habitaciones con techos muy altos y colonial patio de baldosas, arquería, arriates, aljibe y emparrado.

Casi de madrugada partió, vacío, el viejo coche de la casa rumbo a la estación de Pidiliditiro. A cada rato, durante la mañana entera, las dos viejas criadas supervivientes y el jardinero, en balde salían a otear, anhelosos e inciertos, el camino.

—¡Tanto tiempo fuera!

—Éramos fuertes, jóvenes todavía cuando se fue...

—Lo que no entenderé yo nunca es —¡y Dios me lo perdone!— cómo no vino para la muerte de sus padres, ni para la de su tía Consuelito, a quien quería más que a su madre.

Por fin, a mediodía, cuando menos lo esperaban, en frotar leve del tapacete a los ramajes, y silencioso, mullido rodar sobre el alfombrado de hojarasca, llegó el coche.

—¡Rafaelito! ¡Rafaelito! —lloraba y temblaba la servidumbre, abrazando al heredero solterón que había llegado.

El viejo cochero rechazó en violento enojo la ayuda que trataban de prestarle para descargar el vehículo.

Bajó el equipaje y en tres vueltas, que hiciéranle cada vez cruzar de ancho a largo la inmensa casa, introdujo todo en un aposento aislado, claro y espacioso.

Después de comer, el cochero, al pescante del carruaje, regresó a la estación del ferrocarril en busca de un fardo plano, frágil y cuadrado que había venido por express.

Esta brisa de trópico santigua en beatíficas unciones los sollozos, las quejas, caricias y rumores arcanos que transmite la quietud sobrenatural, mística, suspensa, de la tarde, a cuyo influjo Rafael gesticula, vaga cenceño por la radiosa soledad reconociendo cada ladrillo, cada ventana, cada puerta, cada objeto, que, amortajados ya en su memoria por treinta años de ausencia, resucitan, actúan ahora como seres vivos que le pidiesen cuentas de su proceder, para gozarse de sus remordimientos.

El padre, la madre, la tía, los sirvientes difuntos, en cambio, usan las cosas y pasan o detiénense fantasmales por aquellos sitios, en la hora luminosa, sin parar mientes, sin notar siquiera la presencia humana.

Con estas alucinaciones y la nostalgia de tan largo viaje, Rafael, a la vez que un nacer de alas y el impulso sucesivo de abandonar en vilo todo esto, siente una pesantez de plomo que le insta a permanecer. Así traspone el comedor y toma descanso en una butaca de caoba con respaldo y asiento de vaqueta. Vuelan sus añoranzas a sus asiduas contemplaciones de un célebre cuadro de la sala de los renacentistas italianos, en el **Museo del Louvre de París.** Frente al célebre cuadro rememoraba siempre allí este comedor en una noche lluviosa, después de cenar, poco antes de disolverse la tertulia familiar. Dentro de la evocación, sentado en esta misma butaca, un niño hojeaba un álbum que contenía reproducciones a colores de las más importantes obras maestras de pintura. De pronto, su tía Consuelito, a quien el niño quisiera más que a su madre, chilló, llevándose las manos a la boca. El niño alzó los ojos y estalló en estridente risotada.

—¡Pero, Rafaelito! —reprendiéronle los padres.

Su tía mostraba el labio superior inflamado, saliente, tal un pico de pato. Habíala picado un tábano. El cantar de los grillos y las ranas coreaban el suceso. Muy serio, tornó Rafaelito la vista al álbum abierto en sus rodillas. Dobló la hoja y un semblante de mujer, morena y joven, le sonrió. La expresión de "ella" parecíale como la de alguien sometido al doloroso esfuerzo de dominar el efecto que le produjera un retozador cosquilleo en el cerebro, y esta interpretación contagió quizá de ese propio efecto la mente del niño, quien, tal vez, por reflejo magnético, obsesionante, de pathos clásico, acaso tendría el mismo gesto del grabado en la sonrisa, cuando al levantar de nuevo los ojos del álbum, le dijeron:

—¡Pero, Rafaelito, qué es esto! ¿De qué te ríes? ¿Te burlas?

El niño sólo miraba el labio inflamado, rubicundo, de su tía e invadíale hacia ella tan contradictorio sentimiento, que la ternura más honda y piadosa predominaba sobre la sorda cólera causada por el infortunado percance que interrumpiera su embeleso.

Mudo, con el álbum bajo el brazo, Rafaelito hubo de salir del comedor y entrar a su dormitorio.

Cual un malhechor, arrancó aquel grabado que in

mente denominó "mi estampa". Quiso, primero, guardarlo dentro del cajón de sus juguetes.

Pero —pensó— allí se estropearía. ¿La meteré en el baúl de mis ropas, entre mis camisetas? Mas allí —díjose— queda expuesta a que la encuentren.

Por último, decidió ocultarla al fondo de un baúl de chucherías antiguas, donde nadie, sino él, registraba.

Tornó con el álbum trunco hasta la sala y lo colocó en el librero, cerca del piano.

Crece y envíanlo interno a un colegio de la capital de la provincia. Le acompaña, naturalmente, su estampa inseparable. Por verla cada mañana al despertar, la pega en la parte interior de la hoja de su ropero de pupilo.

Una vez desaparece, y Rafael corre a manifestar, en acceso de alaridos y llanto, su desgracia. Sonriendo para sí, los prefectos ordenan pesquisas que resultan vanas. Los años transcurren y la adolescencia llega sin que el olvido venga y disipe el sentimiento pesaroso de la pérdida.

Ese fin de curso en que, concluidos sus estudios de bachiller, vuelve a casa, por nada cae desmayado ante la visión de una joven que le presentan.

—Inés —le dice a secas su madre.

Luego, la tía Consuelito cuéntale que la joven es la hija mayor de una íntima y principal familia empobrecida: —Hemos tenido que recogerla para aliviar la situación difícil de sus padres.

"¡Oh, aquí!" —murmura Rafael para sus imaginarios espectros y la soledad luminosa de esta tarde—. "El hilo de mis continuas evocaciones, fortalecidas a me-

33

nudo en el Louvre, recaía infalible desde París sobre este mismo rústico sitio, con los pasajes de alegre desenfado respecto de Inés y de ansiedad contenida, temores, éxtasis, platónicos mutismos y falsos desdenes respecto de mí, exacerbado por un amor dentro del que nada o muy poco intervenía el deseo carnal de posesión. Aquí, un minuto marcó el delirio que ustedes ignoran y cuya sensación, desde entonces, como todo cuanto el hombre mejor oculta y jamás olvida, no he pasado ni un día sin dejar de percibir. En este comedor mismo y a esta misma mesa nos disponíamos a cenar. Lloviznaba, como la noche en que descubrí y arranqué la estampa del álbum. Igualmente venían del patio inmediato la fragancia de los rosales y del obscuro bosque circundante sus aromas, entre la música de grillos y de ranas. Padre, tú estabas a la cabecera de la mesa. Al lado derecho, en línea, te seguían mi madre y la querida tía Consuelito. Yo estaba sentado frente a ellas, en la parte izquierda. Aún faltaba por sentarse Inés, en cuyos ojos a la sazón tenía yo puesta la mirada, pues entonces dirigíase a ocupar su lugar, el de la otra cabecera de la mesa, frente a ti. A tus espaldas pasó —no lo recuerdas, ¡no, indudablemente!— y llegaba justo al punto de mi silla, cuando se apagó la luz.

—¡Ay! —exclamó tía Consuelito.

—¡Vaya! —dijiste tú— ¡Qué país más abominable México! ¡Bonita planta eléctrica tenemos, con una luz que no sólo es mala sino que se apaga cuando le da la gana!

—¡Elodia! —gritó mamá, para una de las domésticas que servía la mesa—. ¡Elodia, trae pronto velas y los candelabros!

Paralizado, inmóvil, dominaba yo la delicia, el infi-

nito gozo de ese instante. Las finas manos de Inés
—ondas tenues— rozaban desquiciadoras el espesor
de mis cabellos. Sus labios me recorrían la nuca en
contacto silencioso. Giré hacia atrás la cabeza y nos
dejamos entre las bocas el único beso que nos dimos en
la vida.

Retumbaban ya los pasos de Elodia, cuyo bulto
emergió luego, a lo lejos, opaco tras las flamas de dos
candelabros a las manos.

Inés habíase retirado a distancia conveniente del respaldo de mi silla.

—Acaso ha podido ser un corto circuito —deslizó en
inefable trémolo, aún de pie, con los brazos semicruzados sobre su vestido blanco de encajes vaporosos—.
"Corto circuito..." —repitió en su perenne sonrisa,
ambigua e inquietante.

—No, no —respondió tía Consuelito; pues, de súbito, no acababa todavía de acercarse Elodia con las
velas, restalló, cegadora, la luz en las bombillas.

—Puedes llevarte los candelabros: no hacen falta
—ordenó mi madre a Elodia.

—¡Gracias a que sólo fue una ligera interrupción en
la central eléctrica! —tercié yo, cabizbajo, tímido, con
intención de sondeo y disimulo.

Poco tiempo después, no obstante que bien tratara
de esconder mis cautivos arrebatos, a causa quizás de
nuestras miradas, nuestras actitudes, adivinaron todos
—ahora seguro estoy— nuestros amores, y entre sutil
afabilidad y mil delicadezas, era devuelta Inés a su
familia y a mí me mandaban a estudiar a Europa..."
A salvo de parecer demencia, el soliloquio es interrumpido bruscamente. De repentino salto su autor
yérguese de la butaca, para adoptar, en pie ya, postura

de solícita pero tranquila espera. **Resuenan pasos y rumores de voces.** Detrás de las criadas, el cochero viene trayendo el fardo, cuadrado y frágil, del express.

—¡Martillo y clavos!

Una de las sirvientas, que a este mandato desapareciera en seguida, vuelve presto al comedor, con lo pedido.

—Vamos a colgar esto.

Rafael destapa el fardo, del que apréciase los contornos de un marco y el blanco reverso de una tela. Así, subido a una silla, dase a la tarea de adosar, de frente, la célebre pintura a la pared.

—¡La señorita Inés! —exclama Paulina, una de las sirvientes.

—La señorita Inés —secunda Braulio, el cochero.

—¡Oh, su misma cabellera, la misma frente, su misma color, su misma sonrisa! La señorita Inés...¡Si no le falta más que hablar!

Al unísono ambas criadas llévanse las puntas de sus delantales a los ojos y comienzan a gemir.

—La señorita Inés... —concluyen raseras, encorvadas ingenuamente, a dúo.

—Inés —sonríe Rafael, con rictus que, como reflejo del cuadro, le infunde raro, doloroso, inhibido escozor en el cerebro, donde circula de nuevo la noche lluviosa, el niño ensimismado, el álbum sostenido en sus rodillas, la tía con el labio cual un pico de pato, e hilvánase una vez más la evocación...

En verdad, el retrato que por Inés toman las criadas, es un óleo que representa sólo una buena —una de tantas—, aunque más o menos cara, reproducción de *La Gioconda*.

¡Y maldito quien infiera de aquí aficiones de gusto o predilección por la pintura de Leonardo! No ha pretendido este cronista del Zodiaco sino una ligera reseña de lo que vio alguna vez ocurrir sobre la Tierra, bajo el signo de Aries, que, sabido es, aparentemente roza el Sol al comenzar la primavera.

EL DUENDE

I

Igual que siempre fue, aún es allí todo —vida, espacio, tiempo— recóndito y antiguo, remoto, dilatado.

Y esta peculiaridad, ¿qué no haría entonces, de nuevas, por paradoja, las cosas, y consigo qué no de impenetrables, difíciles y molestas para el matrimonio de ciudad que apenas acababa de llegar?

Pero en cuanto a las hijas únicas, dos niñas: Hilda, de nueve años, y Elsa, de ocho, misterio y novedad las deleitaban. Para ellas, al revés de lo que ocurriese con sus padres, a mayor esoterismo más regocijo, y hasta sus nombres —extraños en esa hermética tierra— las complacía, porque dábales notoriedad y la certeza de que a las nativas gentes del lugar parecíanle raros, bonitos y no los olvidaban. "Así —había dicho Hilda— vivimos dentro de su memoria, ¿sabes tú?, como lucecitas en su pensamiento, y sin ir entramos en sus casas y andamos como hadas de un lado a otro y acariciamos y dormimos a sus nenes." Elsa, muda de admiración, extraviadas y fulgurantes las pupilas como siempre que hablaba Hilda, sintió más y más verdaderas y prodigiosas las palabras de su hermana.

Era Hilda para Elsa un profeta o una maga, y con estos precisos valores operaba exactamente la primera de las chicas sobre la segunda. Se conformaba ésta gustosa con ser una prolongación de la existencia de aquélla y recibir —del todo creados ya— ideas, símbolos o actos, para recrearse y recrearlos a veces o agrandarlos a menudo al infinito, a un más allá, fuera del alcance, límite original o percepción de su creador. Dijérase mejor que Hilda personificaba la imaginación y Elsa la fantasía, pues, en efecto, las especulaciones infantiles de Hilda salían directamente de la realidad objetiva y dentro de la esfera de ésta obraban, mientras Elsa al decorar o revestir la imaginación, con ese inefable candor suyo, ingénita inocencia, desvinculaba las nuevas imágenes —o interpretaciones— de su causa. En otras palabras, Hilda engendraba el sueño y Elsa era el sueño mismo. Frente a símiles más claros, la una era el guía y la otra el pueblo. Dentro de tal relación, ¿cómo no amarse y necesitarse apasionada, entrañablemente, esas criaturas, más que con cariño de hermanas con frenesí mental de discípulo a maestro y viceversa?

Junto a estas condiciones y recíprocos temperamentos, la oportunidad no pudiera ser más propicia a cuanto fatalmente debería suceder, pues con los trajines del acomodo en la casa enorme, la mayor del lugar, estuvieron tan atareados los padres aquella semana, ¡tan ausentes los padres de las hijas!

Pasaban ellas, en cambio, una existencia henchida, suspensa, con el alma en vilo, dentro de aquel ambiente donde no podrán decir si padecieron o gozaron; donde los minutos, las horas, los días, no eran largos sino grandes; donde la voz y el eco de los pasos eran también tan grandes, que las niñas andaban descalzas a toda hora y hablábanse quedo, como a suspiros, bastándoles a menudo sólo la mirada, que adquiriese allí el sobrenatural poder del embeleso, para comprenderse; donde lo que va de la luz a las tinieblas, del sueño a la vigilia, es un soplo en que ambos se confunden. Recientemente, al limpiar de maleza los peones el vasto patio, mataron no pocas víboras mortales —cascabeles, coralillos— y anhelosas las vieron las dos chiquillas por vez primera, y conocieron, de vívidos testimonios en boca de los mozos, algunas hazañas de aquellas ponzoñas frías y flexibles.

En ese medio, pues, y con las pieles de tigres cazados por los alrededores y que los sencillos vecinos llegaban a pregonar pausada, naturalmente, fue que los sujetos de sus libros de fábulas cobraron plena corporeidad, aquel ver sólido, táctil, en sus ensueños cotidianos.

Por esto, asimismo, ambas niñas no se quitaban de encima unas nuevas túnicas de lino que les comprasen para dormir, y les dio por andar, correr y ejecutar cualquiera de sus movimientos a giros y pasos de danza.

¡Oh, las hadas!

!Y, oh, aquel pueblo de tierra adusta, nidal de alacranes, muy lejos y muy abajo del nivel del mar, con su suelo arenoso de sempiternas reverberaciones fatuas a mediodía, en un hondo valle a la vista perenne de unas altas y distantes montañas, que a su vez miran impasibles a las calles desoladas y el austero caserío, cuyos moradores exhalan en todo tiempo y por todos los poros de sus cuerpos palúdicos, viscosos, un sudor semejante a lágrimas de fuego!

¿Valle de lágrimas? "¡Infierno!" le llamaron desde

un principio los padres de las niñas; pero ellas, por el contrario, sin entenderles, habrían de considerarlo el Paraíso.

La influencia que ejerciera Hilda sobre la hermana menor logra convertirse, durante esa semana, en absoluta, gracias a los decisivos efectos de sus reacciones y actitudes singulares frente a la nueva vida.

De suma importancia, no falta sino recordar un profundísimo pozo, algo más allá del centro del patio, con su musgoso brocal, a cuyo borde se esforzaran por acodarse las chicas —los pies colgantes a una cuarta del suelo— en mutuo afán de exploración al espanto de las tinieblas, sin que llegasen a ver siquiera los destellos de la superficie del agua.

Y cerca estaba plantado un arbusto —cuyo nombre indígena no hace al caso— copioso de hojas menudas, suaves, delgadas, tersas, y de un verde tierno y muy brillante.

II

Fue a eso de la hora bíblica de las agonías: las tres de la tarde. A través de la cegadora luz de un sol a plomo, azotaba cierto viento del sur en ráfagas calientes. Sentada sobre el quicio de una de las puertas que daban al patio del caserón, Elsa reparó en las hojas del arbusto que desde la vecindad del pozo, al azote del viento, se mecían como si la llamaran sonriéndole y tentándola. "¡Oh, las hojitas!" —pensó—; pero la pesantez del sol y el silencio grave, armónico, no interrumpido a trechos sino por el aleteo de algún pájaro, la retuvieron en su sitio. Dentro, dormían la siesta sus padres, y de un lado a otro, por allí, detrás, seguramente, vagaba Hilda. De nuevo las ráfagas del viento cálido instigaban a la seducción, y otra vez el suspiro mental: "¡Oh, las hojitas!" Pero no, ¿para qué ir en seguida? "¡Hay tanto sol!" Sin duda es mejor, muchísimo mejor ahora pensar en Hilda; revivir bajo el deliquio de esta calma, de esta quietud, las escenas junto al admirable, al portentoso ser que era su hermana. Porque a su torno, los hechos más triviales ¿no se descargaban de cualquier originario síntoma de aburrimiento y trocábanse frágiles, airosos, veloces, tocados de este impune, ileso y leve matiz ameno del sortilegio, del enigma? Pues cuando, verbigracia, vino de visita la estirada tía Irene y dijo: "Ustedes ya están tamañas de grandes y andan como salvajonas sin saber siquiera los números romanos", Hilda le respondió con despectivo aplomo: "Yo sí sé los números romanos." "Veremos" —repuso la tía Irene, y siguió, marchosa, su camino. Luego que se quedaron solas, Hilda tomó a Elsa de un brazo: "Ven, mira el reloj, éstos son números romanos. Aquí puedes aprender hasta el doce: uno, dos, tres... Ahora corramos al librero de papá. Ya vi que hay libros que marcan en números romanos eso que él llama capítulos. Mira, mira: doce, trece, catorce..." Al cabo de unas horas llamaron a comer. De sobremesa espetó la tía: "Antonio, estas hijas tuyas crecen tan ignorantes que ni siquiera saben los números romanos." Hilda replicó: "He dicho antes que los sé." Terminaron ambas chicas dando a maravilla la lección. "Ésta no dijo antes que los sabía" —disputó aún la tía Irene. "Elsa —concluyó Hilda, en expresivo guiño de ojos— nunca dice nada porque es humilde."

Una vez salieron simples los melones y sandías que la madre trajo. El padre se quejó. "Si quieres, desde mañana iré yo a buscarlos" —propuso Hilda. Y en adelante siempre comieron melones y sandías dulces en la mesa. Juntas iban las dos niñas a traer del mercado las frutas, y mientras la mayor de las hermanas las elegía, entrecerrados los párpados, musitaba sibilinas preces y prodigaba, muy seria, signos cabalísticos sobre las cortezas. Al resolver "esto no sirve" y dirigirse a otro puesto, disparábase danzando como alucinada, con la mirada inmóvil, fija en el cielo; pero de preguntar Elsa en qué distinguía, sólo de vista, las frutas simples de las dulces, no tardaba en aclararle que por el peso, por el cogollo, por el color... y porque Silfo, uno de los duendes, amigo suyo, la aconsejaba.

Volvieron a mecerse, tentadoras, las ramas del arbusto. "Esperen, hojitas...esperen" —se dijo Elsa.

Ahora las visiones de sus añoranzas van a otros episodios. En uno sucede que, como para precaverlas de una indigestión la madre guardara en sitio secreto los postres restantes del almuerzo, Hilda hubo de correr y saltar en baile por toda la casa un buen rato, hasta que aparece con una piña entre las manos. Mientras a hurtadillas la comían confesó haber descubierto el escondite por el olfato, pero que también por indicación de una hada transparente a quien invocó cuando bailaba, sin la cual ¿tendrían por ventura ese dichoso resultado?

Y ayer, desde muy temprano, preguntóle a Elsa, apuntando hacia los cerros:

—¿Crees tú que montes como esos sólo existen así de perfil, cual están en los cuadros, cual aparecen en los libros o en las fotografías?

—Pues sí...

—Pues no, porque son de cuerpos grandotes, anchos, anchos, y dentro de lo que tú no les ves, vive gente, hay casas, cruzan caminos... Ven para que te convenzas. ¿A cuál quieres ir?

—A ése —indicó Elsa.

—Vamos en seguida para volver pronto, antes de la comida. Pero anduvieron y anduvieron... y el monte aquel surgía ora de este lado, ya del opuesto, bien a la derecha, bien a la izquierda.

—Es Elfo —protestaba Hilda—... ¡Elfo que nos lo cambia de lugar!

—¿Qué es *elfo*...?

—¡El nombre de ese duende que se mete con la tierra para burlarse de nosotras! ¡Elfo! ¡El malvado Elfo! —repetía sin descanso, hasta que fatigadas se hallaron de nuevo en casa, cerca del anochecer, lo que produjo alarma y les costó duras represiones de los padres.

—Ese duende enemigo nuestro... ¡El duende que no nos quiere! —insistió e insistió aún, al oído de la hermana pequeña, cuando se disponían a dormir.

"Sí, sí, un momento, dentro de un momentito me levanto y voy" alentó Elsa, oyendo sacudirse las ramas del arbusto.

Y por la mañana, después de que se desayunaron, preguntó Hilda:

—¿Qué soñaste anoche?

—Soñé... ¿Qué soñé? Ah, soñé que tú y yo íbamos con la mano de un brazo puesta en el manubrio de unas bicicletas, y el otro extendido y puesto en nuestros hombros: tu brazo en mi hombro y mi brazo en tu hombro. Y así corríamos en esas bicicletas de aire sobre un camino largo-largo y liso-liso y transparente-transparente, como un diamante sin fin. Cada una llevábamos capas azules con las puntas levantadas por el aire... Delante de nosotras iba Elfo, todo de blanco, de aire, en su bicicleta, también de aire... Y en el camino aparecieron muchas hadas cantando, mientras otras aplaudían y decían "¡Mírenlas, que llegan! ¡Mírenlas, que llegan!"

—¿Y qué más?

—Nada más, porque en eso desperté.

—¡Mira qué lindo sueño! —repuso Hilda—. En cambio yo tuve uno terrible. Figúrate que estaba en un cuarto donde no había más que una silla, y de repente sale del piso Elfo con una bola de fuego en la cabeza, y como yo estaba —considera tú— preocupada enfrente de él, me dijo: "Tonta, ¿dónde está tu hermana?" Miré a todas partes; no te ví, y dije, queriendo ya salir de allí: "Elsa debe estar en el patio. Voy a buscarla." "Ja, ja —se rió—, no puedes salir." Miré a todos lados otra vez, y como de veras no había puertas ni ventanas, me vinieron ganas de llorar; pero me aguanté, porque entonces el duende chiquitín ése podría creer que yo le tenía miedo. "Tonta —dijo, burlón—, ¿quién es tu papá?" "¿Mi papá...? ¡Pues mi papá!" —le contesté seria—. "¡Bonita respuesta: mi papá... pues mi papá!"

—rió el duende a carcajadas, remedándome. Sin hacerle caso bajé la vista —¿sabes?—, y él gritó como rabioso: "Mira, tonta, esto es tu papá" —y con el dedo de una mano señaló un libro que tenía levantado por sobre su cabeza en la otra mano y decía en letras negras: "Antonio", y se sentó en la silla, mientras enojada yo, un poco asustada —¡considera tú!— y curiosa, le dije: "Elfo, si hablas una sola mala palabra de papá, voy a darte un coscorrón." "¿Y qué? —sonrió Elfo—, los coscorrones no me duelen. ¿Y qué más quisieras? ¡Un hombre que es un libro y un libro que es un hombre! Los libros traen cosas preciosas, ¿no? Por ejemplo aquel de doña Elvira Fuentes, en que dice: *el mundo completo estaba en el jardín...*" Volando vino del espacio un pañuelo y le limpió el sudor. "¿Y tu papá no es quieto, asentado, como un libro?" Yo, tranquilizándome —¿sabes tú?—, callaba. "Pero a ver, ¿qué es tu mamá? ¡Mira, esto es tu mamá!" —Elfo rió, mientras levantó la otra mano, donde mostraba una verde lagartija—. ¡Figúrate! ¡Mamá una lagartija! Furiosa, le di a Elfo el coscorrón con la mano derecha. Sentí lástima de él, pero la mano me quedó tan adolorida como si hubiese golpeado la pared. "Pega, tonta, pega: pero tu mamá es una lagartija." Le di otro coscorrón con la otra mano. Sentí lástima, pero la mano izquierda me quedó más adolorida que la derecha. Y el duende, sin quejarse para nada, siguió diciéndome sonriente: "¿No ves cómo va ella de un lado a otro sin parar, metiendo y metiendo la cabeza por todas partes?" Yo —¡considera tú!— empecé a llorar. "Pues qué... ¿tú crees que un libro vale más que una lagartija? ¿No. . . ?" —me preguntó. Volvió a venir del espacio el pañuelo y le limpió el sudor. "Claro, claro, un libro puede ser mejor que una lagartija; pero no este libro que es tu papá. . ." —dijo, soltando la carcajada. . . ¡mientras abría el libro y pasaba rápidamente todas sus páginas en blanco! Tan enojada me sentí por la burla, que recordando la que nos había hecho en los cerros, escupí al duende, ya sin ninguna lástima, y me abalancé contra él, disparando infinidad de golpes que dieron en el vacío, pues Elfo se hundió con todo y silla y bola de fuego debajo del piso. Claro está que yo hasta en sueños —¡considera tú!— sé muy bien los engaños de Elfo y que todo cuanto decía era mentira. Pero hace un momento, cuando al atravesar la sala vi el retrato de mamá, me sopló al oído: "Una lagartija, una lagartija. . ." ¿Te imaginas? Ahora, para castigarlo, nunca vamos a mencionar ya su nombre. ¡Nunca! Solamente diremos el de Silfo. ¡Silfo! ¡Silfo, tan bueno! Pero a Elfo le llamaremos nada más *el duende*. A secas, *el duende*; a secas y nada más: *el duende*.

"No tardo, ya no tardo. . ." —alentó de nuevo Elsa para el arbusto estremecido.

Al rato, aquella misma mañana —la mañana de la víspera en que la tía Irene, después de tres días de haber llegado, dijo: "Yo no soporto más este infierno" y se fue— vieron un largo vestido de novia, un blanco vestido de cola, puesto cuidadosamente al sol en el patio, sobre las cabeceras de seis sillas.

Hilda pensó: "la caja", y le dijo a Elsa:

—¿Recuerdas que cuando llegó tía Irene, mamá le dijo, riendo, a papá: ". . . y vino con su caja debajo del brazo; siempre que sale de viaje, adonde quiera que va, no suelta la caja"? Pues el duende me ha dicho a mi: "la caja".

—¿Y qué con la caja?

—¡Verás! ¡Ya verás!

Hilda y Elsa estuvieron pendientes. Después de mediodía, la tía Irene, muy alta y plana toda como una tabla, en una de sus blusas de siempre con cuello cerrado hasta la barbilla y manga con puños hasta más abajo de las muñecas, pasó al patio, recogió en minucioso esmero el traje de novia que había tendido sobre las cabeceras de las sillas, volvió con él hacia dentro de la casa y se encerró en su cuarto.

Entonces Hilda tomó de la mano a Elsa y la condujo al ojo de la cerradura, entre tanto le deslizaba en una oreja: ". . . ya me lo dijo el duende".

"Sí, sí, hojitas. . . ¡Voy!"

Por turnos acecharon.

La tía Irene usaba corsé. Lentamente se polveó y perfumó, mirándose al espejo; lentamente sacó de una caja antigua unos zapatos de raso blanco· se puso unas medias blancas; luego alisó, acarició el traje de novia y se lo vistió; adornó su cabeza con el velo de corona de azahares, metió el dedo anular de la mano izquierda en un anillo de oro; se ciñó unos guantes blancos; tomó un breviario con estuche de marfil; volvió a mirarse al espejo, y de allí se retiró hasta el fondo de la habitación, desde donde sonriente, y en ademán de ir del brazo de alguien, comenzó a caminar hacia el espejo. . .Por último, después de repetir varias veces el mismo paseo, resolvió despojarse del disfraz de novia —el velo de boda, el traje blanco— y lo puso todo dentro de la caja, que cerró y anudó meticulosa, mediante un grueso cordón rojo. Finalmente, cayó de bruces sobre su cama y se le oyó gemir.

De la impresión, ambas chicas no podían ni hablar casi; pero Hilda dijo:

—Una vez, en la casa de México, la prima Gloria me contó que de cuando en cuando tía Irene asolea ese vestido y hace lo que acabamos de ver. Mejor no lo hubiéramos visto, ¿verdad?... pero ese duende condenado... ¡Pobre tía Irene! ¡Me da una pena! —y brotó en sus ojos un rocío de llanto.

Mientras Elsa continuaba estupefacta, la hermana agregó:

—Y hace tiempo— tú todavía eras chica, muy chica —papá y mamá dijeron que la tía Irene es tía de mamá, y que tenía hace años, muchísimos años, una hermana mayor que ya se iba a casar. De esta hermana es ese traje de novia. Pero la tía Irene estaba enamorada, enamoradísima de aquel novio que era de su hermana Florencia y se llamaba Julio. ¡Loca, loca por él! Pero la que a él le gustaba y había pedido en matrimonio era Florencia. Y así, todo ya listo, ya para casarse, recibe el novio un telegrama de un lugar lejano, diciéndole que fuese allá inmediatamente porque su padre agonizaba de la enfermedad en una epidemia que hubo. Va el hijo, se enferma también, y quien muere es el hijo y el padre sana. Poco después murió del sentimiento la hermana de tía Irene. Y tía Irene, luego de morir su hermana, dijeron mamá y papá que tuvo muy buenos pretendientes, sin que ella —¡fíjate tú!— se resolviera por ninguno... Y después de haber visto lo que el duende le hace que haga, ¿no es para dar tristeza?

Humedecidos los ojos al recuerdo, Elsa musitó hacia la tentación de las hojas que vibraban: "Sí, sí, pero no ahora..."

Pues dentro de su mente anda, persiste, la imagen de Hilda, en ocasión que con su larga túnica, su pelo castaño y un libro entre las manos, la llamó:

—A ver si nos aprendemos esto de memoria.
—Muy bien —respondió Elsa.

Y en seguida leyeron juntas las dos niñas: "...Los feriantes son esos que visten camisas largas y calzón de manta. Huelen a sudor, a burro y aguardiente. Son indios y dejan mucho rato a las mujeres tendidas en los portales con sus hijos, tejiéndose las trenzas mientras ellos andan silenciosos, con ojos turbios y bigotes lacios... Los notables del pueblo van felices con sus señoras de cabezas llenas de flores y su ropa de colores detonantes..."

Y después, rostro con rostro, leían a escondidas esa carta que la madre dejó sin terminar sobre una mesa: "...y las mujeres de los militares van vestidas de distinta manera que las pueblerinas: andan descotadas con las uñas pintadas y unos pechos muy picuditos". "...la soledad es dramática y este caserón de tantos cuartos enormes, techos tan altos, desnudas paredes y el piso con su serio ladrillo de fastidioso rojo, impone y desconsuela. ¡Y Antonio igual, como si nada!" "... Las que se han puesto insufribles, con la novedad, son mis hijas. Por allí anda la cabecilla de Hilda timoneando a Elsa, y yo no puedo seguir detrás de ellas todo el día." ". . . El 15 de septiembre pasó sin pena ni gloria. En la madrugada desfilaron los soldados de a caballo y de a pie, con antorchas y la banda del regimiento. Bajamos para asomarnos a la puerta. El mismo general nos saludó:

—¡Felicidades!

Y su voz quedó retumbando, con la música, en el frescor del amanecer, mientras la turba de paisanos corría detrás gritando: "¡Viva el cura Hidalgo!" Luego cantaron "Rayando el sol", ¡y me entró una tristeza!" ". . . Nuestro mozo de confianza se llama Rutilio y está destapando una botella en el comedor. Tengo que ir a aligerar a la cocinera y arreglar cuentas con otra de las criadas, que en este preciso momento vuelve de la tienda. Ya vamos a comer. Pronto regreso a seguirte conversando. . ."

Y ahora de nuevo la voz de Hilda con aquel libro de doña Elvira Fuentes, abierto entre las manos: ". . . Entraron mujeres con ollas enormes; entraron hombres que empezaron a tender mesas en el jardín. El mundo completo estaba en el jardín." ". . . El estruendo de la música y las luces invasoras intimidaban a los criados. Sólo el señor vagabundeaba entre aquellas sombras luminosas que lo invadían todo, y él sólo reía con ellas, que a su vez le correspondían y brindaban por el huésped. Pero las sombras seguían entrando, entrando y precipitándose hasta el fondo del jardín, donde circulaban oscilantes y se perdían gigantescas entre el silencio de los árboles."

"En seguida, en seguida voy. . ." prometió Elsa de nuevo a la rama seductora, suspirando en la muda evocación: —¡Hilda!

Pues anteayer nada menos aquella Hilda sustrajo del armario la mejor de las sábanas, una camisa del papá, dos pares de calcetines, una camiseta, unos calzoncillos, y con todo ello hizo un paquete, que tiró desde un balcón a la calle, para que lo recogiese algún pobre.

Las dos niñas pusiéronse a observar, ocultas detrás de las persianas.

—¿Y si lo recoge un rico?

—No lo hará, porque tendría miedo de que alguien lo vea —respondió la hermana mayor—. Además, ésta no es hora de que atraviesen la calle los ricos. Es hora de la siesta. ¿Y qué disparates estamos diciendo? ¿No sabes que cuando el duende quiere les venda los ojos a los ricos para que no miren?

—¿Y si no le da la gana? Mejor fuera que bajásemos a esperar el paso del pobre y le pusiéramos en las manos el paquete. . .

—Que no, niña. ¿No ves que por temor sería capaz de devolvérselo a papá? Y también de ese modo causas al pobre una vergüenza y le quitas a tu acción toda la gracia. Pues entonces no pensaría él, ¿sabes tú?, que una hada en forma de suerte, de buena fortuna, le ha puesto la ropa en su camino. Entonces, ¿sabes tú?, no seríamos hadas, hijas de las hadas. Porque, desde luego, si hacemos tal cosa, ya no vamos cuando seamos grandes a ser hadas. . .

Y hoy mismo, esta mañana, al hablar de la muerte, cerca de aquel pozo, Hilda le había dicho lo de siempre: "Los malos se van a la obscuridad eterna, eternamente al pozo..."

¿Por qué sintió Elsa esta vez un terror tremendo, como nunca?

—Pero las niñas como nosotras, si morimos, seremos hadas, y flotaremos felices, juntas, sin que nadie nos vea, cogidas siempre de las manos, vestidas con trajes brillantes como estrellas y bailaremos por todos los jardines y caminos...

—¡Pronto iré allá! Espérenme, "hojitas" —agregó Elsa para sí.

A la sazón viene de la lejanía uno de esos agudos y secos graznidos, que de procedencia ignota suelen oírse por los contornos de rústicos parajes. Elsa miró alrededor suyo y clavó, luego, la vista en las ramas del arbusto, que a una racha del quemante viento siseaban, persuadiéndola, cautivándola, hechizándola. Púsose de pie y, fascinada, caminó derechamente hacia allá, donde levantó los brazos y arrancó algunas hojas que se llevó a la boca. ¡Cuán sabrosas! ¡Qué dulces! Sintió a poco la lengua insensible, cierta especie de hormigueo, cierta rara inflamación y cierto sabor amargo, que recorriendo la garganta bajábale al estómago.

Y en seguida tuvo la repentina impresión de que a sus espaldas, saliendo del brocal del pozo, una araña gigantesca le enroscaba sus monstruosas patas al cuello para llevársela y sepultarla en el abismo. Dio rápidamente la vuelta y creyó ver como si el monstruo se hubiese agazapado, en acecho, por dentro del pozo, casi al nivel mismo del brocal. "Los malos a la obscuridad..." ¿Esta ligera niebla en sus ojos no sería el principio del suplicio eterno?

Cualquier acto de desesperación es siempre más que fruto de reflexiones el producto de un estado en que choca y se anuda vibrante un cúmulo de ideas y sentimientos instantáneos. Todo es uno, y menos de un segundo sobra. Más que pensar es sentir. El sentido del mal, para Elsa, era este pánico insuperable y aquellos desconocidos y terribles dolores incipientes. En su hábito de sometimiento a la hermana, el pecado era la traición de haber actuado esta vez sin su compañía, y encima de esta perfidia la otra de abandonarla para siempre. ¡Qué triste para Hilda quedarse sola en este mundo, pensando a todas horas en la perdición irremisible de su hermanita! Aunque su sentido mayor *de miedo* a la culpa, era, sin ningún asomo de duda, el de *atentado* "contra su propio egoísmo". ¡Por su imprudencia, por su culpa, sólo por su culpa, ya no sería una hada inmortal! ¿Pero es que su hermana, siendo *maga*, no habrá adivinado el trance en que estaba? *"Tal vez no, porque aún es chica ella también y todavía necesita "ver"*. A sus retortijones de vientre y demás angustias físicas se sobrepuso la del pánico, que suele operar en los más fantasiosos temperamentos con lógica inminente, y ésta, dentro de un egoísmo infantil —o sea infinito—, multiplicando su extremo instinto de conservación de cuerpo y alma, en ese "ver", que cifraba de por sí la esperanza de borrar sus faltas y sustraerse al castigo merecido de la eterna soledad, refrenó cuantos impulsos de queja o grito le acometieron e hizo que únicamente llamase, a lo lejos, con lo más grato de su voz:

—¡Hilda!

Gozoso, en júbilos de danza, acudió la otra niña. Elsa sonreía.

—Prueba —ofrece—, come más —persiste, mientras arranca nuevas hojas y las mete, apresurada, en la boca de la hermana.

Bastaron esos segundos para que en lo veloz del pensamiento —ahora libre del vestigio de duda que guarda siempre la fe en lo sobrenatural— agradeciese a Hilda el haber aceptado esa comunión y se dijera: "Es maga; lo sabe todo, y sin embargo, no se ha resistido... Pues como yo no puedo dejarla sola, ella tampoco quiere dejarme ir sola. ¡Va conmigo, me acompaña!" Ya se veía, de la mano de la hermana, bailando ambas, invisibles y flotantes, por entre las nubes y por todos los jardines y caminos...hasta que de pronto estalló el alarido:

—¡Me envenenan! ¡Socorro! ¡Asesina!

Llegaron los padres a las vociferaciones de la chica mayor.

—¡Me han envenenado! ¡Asesina! ¡Asesina!

Entonces qué... ¿al igual que ella, lo ignoraba Hilda? ¿Solamente comió de las hojas por no saber que fuesen venenosas?

Muda de tanto asombro y bajo la pesadumbre del desengaño, de la primera decepción atravesada en el alma, la menor de las chicas iba detrás, en brazos de la madre, acallando agónica, de resentida y vengativa soberbia, lloros y lamentos, mientras adelante, en los del padre, la otra —*la maga, la profeta*— berreaba a más no poder:

—¡Me muero! ¡Cúrenme! ¡No quiero morir! —con todo el real furor de la imaginación contra la fantasía.

Rutilio, el mozo, había ya salido a la botica en busca de remedios.

Horas después hicieron sus efectos los purgantes y las chicas se sosegaron.

—¡Pobre hijita! Tú no lo hiciste adrede, a propósito, ¿verdad, hijita?

—Sí, a propósito... ¡Sí, papacito! —respondió con veracidad súbita Elsa, con la diáfana franqueza, el candor impoluto de sus tiernos años.

—¡A propósito! ¿Pensaste matar a tu hermana? ¿Querías envenenarla?

—Sí, papá.

Sin poder contenerse más, se abalanzó la madre sobre la chiquilla y le propinó una buena tunda de azotes, gritándole irascible:

—¡Criminal...!

III

El padre, un filósofo, pensó —según sus libros— en "cómo un acto de ángel puede resultar pecado."

Y el fin de la historia fue tan sólo dos días de cama, en que debido a las circunstancias pusieron a las convalecientes en alcobas separadas.

Veamos ya sanas y salvas a las niñas, cabizbaja la menor en un rincón, mientras la mayor, erguida la cabeza, pero también silenciosa, pasease y pasease ante la otra.

Luego de ese mutismo en que el registro de hostiles sensaciones va y viene del recelo al reproche y de la inquietud a la esquivez y la vergüenza, Hilda se detuvo para poner una mano sobre los cabellos de la hermanita y decirle con un arrullo de voz cariñoso, emocionado, parco y trémulo:

—No...no fuiste tú: fue el duende...

Elsa levantó la faz confiada y, sonriente, preguntó:

—Entonces, entonces... ¿Juegas? ¿Jugamos? ¿De veras ya volvemos a jugar?

Pero al salir danzando al patio, más que si hubieran visto el árbol les dolió a las dos no verlo, pues el padre a semejanza del Señor respecto al otro, el bíblico de la Ciencia del Bien y del Mal, lo mandó a extirpar de raíz... y, a la verdad, durante un rato las criaturas sintieron algo comparable a la expulsión del Paraíso.

EL VIAJE

Serían las cinco. Aún no aclaraba la mañana y por las calles el aire frío me puso a temblar cuando corría yo hacia la estación —ya inexistente ahora— de Colonia; pero el tren diurno partió sin ofrecerme oportunidad favorable de abordarlo. Después, en un autobús, me dirigí a Tlalnepantla, para esperar el paso del nocturno. Allí logré mi objeto. El tren volaba y yo iba entre los fuelles que hay de un carro a otro. En la estación siguiente, apenas comenzó a parar la máquina, salté y corrí a esconderme. ¡Buen principio! Evité que me viera el conductor, o algunos de esos *garroteros* que a menudo pasan y enfocan siempre sus linternas, revisando los vagones. No bien arrancó de nuevo el tren, lo escalé atrás del ténder; pero para ir más seguro subí encima del tanque, cerca de la toma de agua. Adelante de Lechería se cruzó el tren de pasajeros con otro, de carga, y los *garroteros*, que arriba de éste venían en sentido contrario, alumbraron con sus linternas sordas e hicieron señales a los de mi convoy; a poco lo pararon, registraron, me hallaron y a empellones me echaron guardabajo.

Dentro de las más espesas tinieblas di contra el suelo de tierra pedregosa. Me levanté con una de esas irónicas sonrisas que ciertos dolores suelen producirnos, y luego de frotaciones a la cadera y violentas sacudidas de las piernas para estimular la circulación y recuperarme del golpe, tentaleando mis pies en los durmientes eché camino adelante, de prisa, por en medio de la vía.

Llegué a la próxima estación, donde varios *trampas* zanganeaban, y con ellos cobré mayores ánimos.

—¿Qué —les dije—, ya no pasa otro "camello fumador"?

—Sí —respondieron—, falta el Rápido, el Estrella; pero en él es muy difícil *mosquear* pues casi no para.

Efectivamente, luego pasó el Rápido y no detuvo en nada su marcha, por lo que no pude treparme. Pasaron la noche contándose sucedidos de los muchos trampas que iban hacia el Norte y de los que regresaban. De madrugada, dos de ellos y yo resolvimos marchar, entre los rieles del ferrocarril a la estación siguiente. Caminamos toda la mañana y llegamos después de mediodía. Era el año de 1933. Llevaba yo tres pesos; así que saqué uno para comprarnos tortillas, un trozo de barbacoa de carnero y comernos unos tacos. Otro invitó a café, y nos dimos por satisfechos. Informados de que por la tarde cruzaría un carguero, acordamos tomarlo. A distancia de la estación nos escondimos hasta que llegó. Acerté a meterme dentro de un carro-jaula; los demás se alojaron en otros sitios. A los pocos kilómetros me descubrieron:

—¿Qué hace ahí, amigo? ¡Salga! ¡Bájese!

—Oye, cuate —respondí suplicante—, yo también soy del riel y ando en la prángana. Voy al norte a ver qué encuentro...

—Nada, nada, ¡bájate!

—No seas malo, hermano. Déjame sólo llegar a la estación que viene.

—¡No! ¡Bájate! ¡Y punto!

El empleado ya estaba dentro. Había abierto una de las rasaderas de reja de la jaula, y cruel y altanero me hostigaba:

—¡Bájate o te boto!

Al ver sus intenciones de acercárseme y buscar el modo de empujarme, cogí por lo barrotes y subí. Desde arriba le dije, angustiado:

—Mira que voy a estrellarme...

—¿Y a mí qué...? ¡Bájate! ¡Ándale! ¡Cuélale!

Ante mi mortal indecisión comenzó a subir, y yo a descender entre los barrotes por la parte de fuera. Entonces él, a su vez, descendió por la de dentro. Mi cuerpo pendía del último travesaño inferior de la jaula. Leía yo en esos torvos ojos la intención de querer patearme la cara o triturarme las manos. Con la vana esperanza de una palabra compasiva, miré rápidamente hacia abajo e hice un ademán falso de lanzarme. Sin abandonar aún la esperanza del rasgo salvador, descendí del último barrote y posé ambas manos sobre la plataforma. Los tacones de los zapatos de aquel sujeto me pisaron los dedos, habiendo yo de zafarlos al insufrible tormento y soltarme a la ventura. Iba el tren a su mayor velocidad, y si bien tengo no poca experiencia en saltar de los vehículos en marcha, no pude impedir esa vez que mi cuerpo rodara sin freno por una pendiente. Adolorido y tras las peores maldiciones me levanté a rebasar la cuestezuela y seguir andando. Delante veo, de pronto, a mis dos conocidos que van con otro nuevo trampa. Como a mí, habían bajado a los tres, y ahora los cuatro, entre comentarios de nuestra reciente peripecia, caminamos hasta la próxima estación.

Allí, uno de mis conocidos y yo tomamos otro tren de carga. Vimos abierto un vagón y nos metimos; cerramos y esperamos. Al rato abrió y entró un garrotero.

—Bueno, bueno ¿a dónde van? —preguntó al encontrarnos.

—A Querétaro —respondimos.

—Vaya, vaya, los llevaremos; pero a condición de que ayuden y bajen donde yo les diga, porque, si no, es a nosotros a quien la empresa amuela —repuso y cerró el carro.

Coincidimos en pensar que, a lo mejor, en Querétaro nos entregarían a la policía.

—En fin —sentenció riendo el trampa—, como pronóstico de lo que nos aguarda parece que ya estamos dentro del calabozo.

Cuando el tren paró en la primera estación, el garrotero nos abrió la puerta:

—¡Píquenle, muchachos! Bajen y ayuden a cargar.

Así lo hicimos. Del andén cargamos sacos de maíz y frijol a uno de los vagones.

Al subirnos a continuar viaje, advirtió el garrotero:

—Les dejo abierta la puerta para que cuando yo les toque desde arriba salgan sin tardanza. De la estación donde haga la señal, Querétaro queda ya muy cerca. Se los aviso para que se pongan *changos*, ¡aguzados!, pues allí no paramos.

Tres estaciones más se sucedieron, y llegando a la cuarta oímos los golpes de unos zapatazos al techo del vagón. Luego resonó el silbato del tren cuya celeridad aminoró antes de atravesar el poblado, y saltamos, encaminándonos por la vía del ferrocarril hasta Querétaro, ciudad en que nos despedimos, pues aquel amigo tuvo precisión de ir a sus asuntos y yo a la plaza para feriar el peso restante con la compra de tamales y café caliente. Consumida la cena regresé a la estación, dispuesto a seguir la caza de los trenes. Luego de permanecer un momentito en la sala de espera tomé rumbo hacia la "Y". Debajo de unos árboles yacían desperdigados grupos de vagabundos con itinerarios iguales a los de todos los demás: unos que iban y unos que venían.

—En Querétaro —me informaron— es imposible *mosquear*. Habrás de comprarte pasaje para Empalme o ir andando; allí es ya cosa fácil la *mosqueada*.

No debiendo gastarme los últimos centavos que llevaba, fui a pie. Llegué de noche. A poco pasó un tren y subí a él; pero tomó la dirección de Celaya. "Bájate" —me aconsejé—. "Regresa y espera otro antes de que te desencamine más."

Escondido tras de una cerca lo aguardaba cuando empecé a notar que, a causa de tantos esfuerzos y noches de desvelo, me rendía el sueño. Hice, sin embargo, cuanto me fue posible para no dormirme. Oí de pronto el silbar de bólido y me enderecé, anhelando, ansioso, que cruzara. Se aproximó, y rápidamente me prendo a él con fortuna. Suspensa, vaga, flotante la conciencia —cual un sonámbulo— vi que sobre una especie de varilla descansaban los pies de mi cuerpo, adosado a los barrotes del fuelle que hay entre la parte posterior del tanque de la máquina y el frontal del carro-express, e iba cogido de ambas manos a cada extremo de las soleras.

El tren sería el Rápido, pues atravesaba pitando las estaciones sin parar. ¡Qué velocidad! El viento inmenso me lo decía; pero a pesar del batiente airón en la cara, del soplo rugidor en los oídos sentía sueño, ¡mucho sueño! De súbito comenzó un cabeceo de esos que recordé atribuía en mi infancia a los caballos lecheros, y se sucedieron otros lentos cabeceos hasta que uno fuerte me despabiló, sobresaltándome:

"¡Bruto! ¡idiota! Me voy... te vas a matar" —y solté por cortos instantes una mano de la solera, para restregarme los ojos.

¡Todo inútil! Unos segundos después volví a cabecear y sobresaltarme.

Solté de nuevo una mano, luego la segunda —cuando con la otra tenía ya empuñada la solera— y comencé a propinarme ora bofetadas, ora mojicones rabiosos a la frente y a la nuca.

Entonces sentí unos desguasamientos que, doblándome de vez en vez las piernas, me ponían en trance de caer.

"¡Imbécil! ¡Estúpido!" —me apostrofaba en alta voz algo así como una pequeña chispa que destellaba lejana en el fondo de mi espíritu— "¡Animal, si te dejas vencer por eso, te despedaza el tren!"

Y acaso para cerciorarme del peligro, esa pequeña chispa enérgica llevaba mis oídos a escuchar atentos ya el traqueteo del convoy entero, ya el resoplido incesante de la locomotora, ya los isócronos latigazos de las ruedas y mis ojos hacia abajo para ver cuán raudos, veloces, desaparecían —como relámpagos— los durmientes, a la roja incandescencia vivísima, que vomitara en ráfagas la base del fogón.

A intervalos repetíame, sin embargo, el desguasamiento, al par que otra voz ancha e informe, adversaria de la chispa, me rondaba:

"¡Aflójate ya! Si ahora mueres nada sufrirás. Todo será de veras instantáneo..."

Y yo pateaba desesperado sobre la férrea varilla, casi lloroso, aunque maquinal, de no poder vencer el sueño... hasta que —¡por fin!— nuevamente silbó el tren y se detuvo.

A toda carrera bajé y, tambaleante, huí a esconderme.

Sentado entre un hoyanco pequeño, detrás de unos ralos matorrales, con lo mejor de mis sentidos a los luceros, a la noche clara, mecíaseme de sueño la vista en observar cómo la máquina del tren estaba tomando agua.

Oí el silbato y los estertores de la locomotora que regresaba para engancharse de nuevo al tren.

Dentro de mis circunstancias, creo natural esa desarticulada, vertiginosa, rotación de motivos, réplicas, contrarios razonamientos e implicaciones referentes a mi viaje. A cualquiera en mi caso le sucedería, quizás, lo mismo. Queriendo expresar esa rotación del mejor modo, he aquí escrita, dentro del siguiente paréntesis, la equivalencia de los bisbiseos de su danza en mi memoria.

—*No hemos podido conseguir más. Toma estos tres pesos y ve cómo te las arreglas para llegar.*

—*Bueno.*

—*Y lleva este paquete con volantes de propaganda; distribúyelos bien todos en el camino.*

—¿De dónde sacan, compañeros, que pueda yo cargarlo, si voy de polizón?

Altercado. Avenencia.

—Únicamente llevaré lo que me quepa en los bolsillos.

Ahora, cotejados ya los supuestos con la práctica, no hay lugar para el menor asomo de arrepentimiento, pero entonces por remorderme levemente la conciencia, sospechando, dudoso, que acaso podría cumplir el encargo, hubo de parte mía estas explicaciones.

—¡Compréndanlo! Sí, camaradas, compréndanlo: ¡es imposible viajar de polizón, cargado con un bulto de este porte!

Anuentes al parecer, me recordaron:

—Cuando pases por San Luis no se te olvide quedarte allí dos días para el asunto de que hablamos antes...

—No, no me olvidaré.

En Monterrey, durante la huelga de la ASARCO, acababan de apresar a nuestro jefe sindical. Además, casi todos los dirigentes comunistas del país, quien no estaba en la cárcel había sido deportado al penal de Islas Marías.

Dada tal situación, a los nuevos pitazos de partida del tren la voluntad instigaba: *Tienes, pues, que llegar a Monterrey pronto. ¡Lo más pronto!*

La razón aducía: *Precisamente por eso: porque debes llegar, no puedes ahora, seguir el viaje, a riesgo de matarte...*

La voluntad protestaba: "*¡Débil! ¡Maldito despreciable! ¡Tienes que llegar pronto, pronto, pronto... pronto!*

Mi alma en niebla, vio cómo la sombra o fantasma de mi cuerpo echó a correr. Mi alma nublosa y aquel gaseiforme fantasma siguieron su camino... Y fuera de la noción de la idea ganada por la voluntad no supe más de mí.

El frío me despertó. Ya era de madrugada y tardé en volver del desdoblamiento para recobrar con certeza las facultades de mi mente y ordenarla. ¿Qué hacía en ese hoyanco? ¿Pues no estaba yo viajando? ¿Toda aquella batalla mental fue sólo un sueño?
—¡Me dormí! ¡Me dormí! —repetíame pesaroso, despreciándome como a un infame, contrito de que el cansancio me hubiese derrotado.

Luego sentí necesidad de comer, y al no distinguir nada sino la oscuridad, nada que siquiera remotamente ofreciese la más mínima promesa de aplacar mi hambre, acabé de nuevo presa de otra letárgica postración dentro del hoyo.

Cuando volvieron a despertarme los fuertes silbidos de un tren de pasajeros había ya bastante luz. Casi era pleno día. Salí de mi escondite; pero como la vigilancia estricta de los guardianes frustraron mis intentos de subirme al tren, ocurriendo lo mismo con otro de carga que pasó después, decidí aguardar el favor de las sombras de la noche.

Por la tarde, al obscurecer, pasó un segundo tren de carga. Entonces sí logré burlar a los guardas de la estación y acomodarme detrás del tanque de agua. Ya en marcha el tren pensé que quizás me dormiría, y por si acaso subí encima del tanque; allí, el temor a que me viesen hizo meterme dentro. Al entrar busqué con los pies los tirantes que sabía llevan en el interior aquellos tanques. Conseguí penetrar sin ser visto y cerré la tapa. A la cintura me daba el agua, pero con su zangoloteo, a los movimientos del convoy, iba yo empapado hasta la coronilla. No obstante sentíame satisfecho, principalmente por la seguridad de que lo frío —lo helado— del agua imposibilitaba el dormirme. De repente frenó la locomotora; levanté la tapa, saqué la cabeza para respirar aire sano y ví, meciéndose, la linterna del maquinista en indicación de que el tren tomaría allí más agua. Naturalmente aterrado por tan funesta señal, no bien traté, rapidísimo, de ejecutar las acrobacias para salir, ya un fogonero estaba junto a mí:

—¡Que haces ahí tal por cual!
—Nada, nada, hermano... !Mira!

Un bárbaro trastazo a la cabeza me sumió al fondo, mientras el que me lo propinó, cerraba la tapa entre una contundente risotada: "¡Ya verás qué buen baño te vas a llevar!"; y tiró de la cadena. El diluvio de líquido hielo que cayó sobre mí fue como si las puntas de mil cuchillos me punzaran las carnes y dividieran todos mis nervios al par que un temblor mortal en las entrañas me cortaba el resuello. Sólo el irreductible instinto de conservación pudo impulsarme poderosa, repentinamente, hacia arriba, cuando estuve casi a punto de perecer ahogado, y, abriendo la tapa, caí de un salto al piso del capacete del carro. Escalofriante, maltrecho, quise levantarme del charco de agua que se había formado sobre el piso.

—Estate ahí tumbado, pendejo... ¿no ves que te pueden ver? —gruñó, soplando entonces ya serio, en tono protector, el fogonero, y preguntó:

—¿A dónde diablos vas tú, pinche?
—A San Luis.
—Oh, ¡demonios, demonios!, pues te llevaré. Al partir el tren te irás arrastrando hacia delante, con mucho cuidado de que no te vea el maquinista. Ahí abajo voy a dejarte abierta una caja de herramientas. En un momento dado me acercaré al maquinista para distraerlo y tú aprovechas; te metes en la caja de herramientas, bajas la tapa y quedas encerrado. En San Luis, en El Arenero, desenganchamos la máquina para las maniobras y entonces iré a sacarte del escondite, pues será la ocasión de que te vayas.

Hice aquello tal como se me advirtió. Mojado y todo engurruñado entre las herramientas, porque apenas cabía yo en la caja, iba calculando, adivinando el recorrido, hasta que llegamos a San Luis, donde me percaté de las maniobras en el patio de la estación, de la parada en El Arenero, del desenganche de la máquina, de la inmovilidad propia del tren mientras la locomotora partía sola... Sentí pisadas, y, al fin, se abrió la caja y tuve delante, sonriendo, a mi hombre, quien, quizá por mi situación tan ruin, me pareció gigantesco.

—Eh, ¡buen viajecito! ¿No?
—Pues... ¡qué le vamos a hacer! —Y entablamos una breve conversación al cabo de la cual le participé que venía a San Luís Potosí en busca del maquinista Zutano.

—Ah, sí lo conozco, pero no sé si ande ahora de viaje —respondió el hercúleo fogonero, y aconsejó que para cerciorarme no tenía sino ir a casa de·ese Zutano, que vivía en la calle Tal, número tantos.

Nos despedimos y me dirigí al centro de la ciudad. La desocupación y demás condiciones impuestas por los regímenes capitalistas en pro del auge del nazifascismo, hasta su desemboque catastrófico en la segunda Guerra Mundial, reinaban dondequiera. La clase trabajadora de San Luis Potosí, como la de todas las otras poblaciones grandes y chicas de la Tierra, hervía de malestar. Bajo el lema de "pan y trabajo" los desocupados potosinos preparaban su marcha de hambre hacia la metrópoli del país. Yo llevaba instrucciones acerca del mejor modo de organizar esa demostración. Traía también un recado especial para el camarada maquinista a que antes aludí; pero éste hallábase viajando, y como después de dos días de esperarlo no regresara, le dejé, a través de seguro intermediario, una nota con el mensaje.

La situación económica de nuestros camaradas en San Luis Potosí era lo mismo de precaria que la de todos los demás grupos de la República. No podían, pues costearme el viaje por ferrocarril a mi destino. Sin embargo, hallaron manera de que lo continuara, relacionándome con un viejo, velador de la estación. Hablamos con éste a prima noche, y en seguida, luego de invitarme él a cenar, se aprestó a favorecerme.

—Por la madrugada saldrá un tren carguero —dijo, mientras caminábamos—. Vas a pasar la noche aquí.

Me introdujo en uno de esos vagones ya jubilados, sin ruedas, que pintorescamente descansan en algunas partes cabe las líneas de ferrocarril y sirven de viviendas a soldaderas y peones camineros.

Me proporcionó varios costales:

—Hazte una cama y tápate con esto. Estarás rendido, amiguito. Duerme confiado, que ya vendré a despertarte cuando pase el tren.

A pierna suelta dormí hasta que de madrugada, en efecto, el viejo velador llegó gritando a última hora:

—¡Ándale, ándale, mano, que te deja el tren!

Salí disparado hacia el ferrocarril, que logré alcanzar al emprender su marcha. Por fortuna, sin contratiempo alguno digno de mención, llegué a Saltillo, donde bien advertido de que allí el personal era tan severo, tan duro, que entregaba los polizones a las autoridades, hube de echarme al cuello mi paliacate colorado y ladear en la cabeza mi gorra de cuero negro; un pedazo de estopa lleno de tizne y aceite, que acababa de encontrar, sirvió para embadurnarme la cara y ponérmelo —cuidando de que sobresaliese— en una bolsa trasera de mi overol, sucísimo ya de suyo y que a propósito empercudí más, yendo a frotarlo contra uno de los carros-tanque de petróleo.

En Saltillo el tren atraviesa la ciudad. Cuando empezamos a cruzar las primeras casas cogí entre una de mis manos el volante del garrote, mientras con la otra impartía señales. ¿No era de creerse que fuese un experto garrotero? Apenas divisé la estación me dispuse a saltar, empero con la mala fortuna de golpearme tan fuerte la espinilla que, aparte del dolor intenso, me sangró. El momento no estaba para dar la menor muestra de lo sucedido, e impávido seguí mi camino; airoso gané la sala de espera; sin detenerme prendí un cigarro y continué, de frente, suponiendo que según había entrado el tren, saldría sobre los rieles que se miraban en dirección contraria. Por allí, cerca de aquellos rieles, me aposté bajo un arbusto esperando la salida del tren. A poco vi, de lejos, cómo lo descargaban y cargaban. Luego pitó, retrocedió lentamente, tomó más velocidad y se apagó el ruido. Con la creencia de que sólo hacía maniobras estaba yo en presta posición, ¡listo a prenderme a él cuando pasase! Aguardé un cuarto de hora, media hora, una hora... Por último, presa de impaciencia dejé aquel sitio y me fui a investigar lo que ocurría. Recorrí los alrededores de la estación, al descenso de las postreras luces de la tarde. Palpando los restos de centavos contenidos en mis bolsillos, me arrimé a un puesto ambulante de comidas y pedí café negro y un pan blanco. De mi plática con la vendedora vine a concluir que los trenes procedentes del sur no salían de la estación de Saltillo en el camino recto, hacia adelante, sino que, retrocediendo, daban un gran rodeo a la ciudad y tomaban por otra vía distinta de aquella donde estuve yo alerta.

Me alejé del puesto renegando de mí, maldiciéndome una y cien veces por tan tonta imprevisión. ¿Qué hacer ahora? No me quedaba ya un solo centavo. De Saltillo no recordaba sino el nombre de un compañero, cuyo domicilio desconocía. Sin otra perspectiva que la de rondar por ahí esperando el tren de pasajeros que habría de venir pronto, pude colarme al patio de la estación. En esto llegó ese tren; pero, la inquisidora vigilancia del personal me impidió abordarlo en algún punto adecuado. Tampoco me atreví a subir tranquilamente a uno de los coches de pasaje, pues, en tal caso, debería en seguida cambiar de sitio para esconderme, y ello, por lo que me dijeron en San Luis Potosí acerca de la severidad usual en los empleados de Saltillo, era casi seguro que me descubrieran y me entregasen a la policía.

¡Oh, los andenes de las estaciones con sus risas y sus lágrimas en despedidas y llegadas, sus consejos y su parloteo entre abrazos y besos, y su barullo de manos a lo alto y pañuelos al aire!

¡Cuántos llevarán de sobra en sus bolsillos el importe mísero, tan necesario para mí, de un boleto de segunda clase a Monterrey!

—¡Váaamonos! —gritó el conductor de uniforme azul, agitando su gorra galoneada.

Se fue el tren.

Yo, en cambio, hube de volverme a salir de la estación con aquella turba de familiares que despidieron a los suyos. Tristísimo me adentré a la silente, mortecina ciudad, bajo el frío y el aire crueles, violentos, de esa noche. Fuma que fuma anduve del centro de la población a sus recovecos y viceversa, roídas mis entrañas por la incesante pugna entre los *buenos* y *malos* pensamientos "—*¿Por qué no robaste?*". —"*¿Robar? ¿Qué había de robar? ¿A quién?*". "*¡Bien que lo sabes! Un velís, algún bolso de señora, la cartera de cualquier burgués del pulman...*" " "—*¡Velises! ¿Qué hacer con un velís?*" "—*Bueno... pero el dinero de ese bolso, el de la cartera...* " "—*¿Cómo? Habría sido la peor de las imprudencias*". "—*Entonces, es mejor no comer y este frío, ¿verdad?*"

De pronto, a la luz del poste de una esquina, vi una proclama en un cartel recién pegado sobre el muro. Sucesivamente otro, otro y otro... ¡cada vez más frescos! Leía un párrafo de la proclama y dejaba el de abajo para la próxima vez, repegando de paso, con tierno cariño, los ángulos y orillas no adheridos lo bastante a la pared.

Siguiendo la ruta del fijador de carteles por las huellas más y más frescas del engrudo que usaba en su tarea, topé con él a la medianía de una calle, en la semiobscuridad.

—Camarada —le dije en voz baja, muy grave, pero con alborozo interior, frente al casual encuentro que me ofrecía la certeza de resolver el problema de mi marcha.

Sin responder ni volverse a mirarme siquiera, aunque bajo tentativas de cierta nerviosa desazón que yo le adivinaba, continuó, impertérrito en apariencia, fijando su proclama en turno.

—Camarada —repetí a guisa de señuelo—, ¿un cigarrito? — y para retener el propenso hilo de mi conato de confianza me puse a alisar, con las palmas de ambas manos, los bordes del cartel.

—No fumo —respondió a secas.

Marcadamente hosco alzó del suelo su bote de engrudo, y brocha en ristre reanudó su camino hacia el tramo de pared contiguo, donde se detuvo a proseguir, concienzudo, la faena.

Íbamos aparejados en la acera, y yo dispuesto a no abandonarlo, a no despegármele por nada del mundo hasta no ver un seguro indicio a la solución de mi conflicto. ¿Dónde, pues, podría parar este individuo que no fuese mi objetivo?

—Camarada —insistí—, yo también soy...

Entonces, visiblemente alarmado, contestó:

—¿Qué cosa es? ¡Y a mí qué me dice, qué me importa!

—Es que por las proclamas, los carteles...

—¿Los papeles? ¿Qué tienen estos papeles? Yo hago mi trabajo: soy fijador de oficio, y me pagan por pegarlos.

—Sí, sí, eso está muy bien; está muy bien. ¡No hay nada mejor! —aduje animoso, entre fingiendo creerle y que aprobaba el consabido ardid de su parte—. Sólo que verás —añadí—, vengo de México, de la capital, en difícil misión a Monterrey. Vine de *mosca* y me he quedado varado aquí, sin un centavo.

Me miró de soslayo:

—Tampoco yo traigo dinero. Y a mí ninguna de esas cosas que me cuenta, esos líos en que dice anda usted, me dejan nada. Conmigo pierde el tiempo. Siga por ahí a ver si consigue algo...

—¿Adónde ir? —repuse—. No conozco a nadie.

—Así será, señor, pero yo nada sé ni tengo nada.

Acababan de apagarse las luces de las calles.

—Camarada, camaradita —razoné calmo, convincente a mi juicio— es del todo punto necesario, indispensable, ¿comprendes?, entrevistar a algún compañero del Comité Regional.

—Así será, señor, pero yo de esos asuntos suyos no sé ni me interesan nada.

—¿Conoces al compañero Mengano? —pregunté de sopetón.

Le advertí un movimiento reflejo de volver la cara para mirarme, pero siguió impávido con la vista clavada en la pared que embadurnaba.

—¿Mengano? —interrogó, luego, a su vez—. Habrá tantos que se llamen lo mismo; pero da la casualidad que no conozco a ninguno de ese nombre.

—Sabía yo su dirección, pero la he olvidado —repliqué.

—¡Pues quién sabe!

Transcurría este fragmento del diálogo mientras fijábamos los últimos carteles y al vuelo de los primeros pájaros despuntaba el gris amanecer.

Por fin metió el bote y la brocha en un saco de yute que le había servido a menudo para limpiarse las manos, y con ello a cuestas echó a caminar sin rumbo, de aquí para allá, de un extremo a otro de la población.

Aviado estás —pensé yo— *si sólo con estas vueltecitas de carrusel pretendes que de puro aburrido me vaya y te abandone.*

En venganza pronto fui una especie de catecismo para interrogarle por cuanto veíamos, y él a no contestarme o sólo responder en desapacibles monosílabos.

—Te figurarás que soy un polizonte, ¿no? —le pregunté una de tantas veces.

—¡Quién sabe! Y qué, ¿Qué tendría de malo si lo fuese? —repuso, ahora pausado.

—Odio a los polizontes.

—¡No me diga! Pero allá usted; es cosa muy suya, y ¡válgame, que así andará de descarriado!

Era un mozo fuerte. A los traslumbres nacientes observé su dentadura maciza, su moreno rostro adusto con terco sello cauteloso, defensivo, pero decidido a todo al mismo tiempo. ¡Tipo inconfundible!

Me inspiraba una mezcla de simpatía y admiración, además de afectiva lástima por el desasosiego legítimo que mi presencia le causaba. ¿Pero cómo dejarlo yo tranquilo en el apuro mío?

Inesperadamente se detuvo a mirarme de lleno a la cara. Entonces mi expresión debió conducirlo a un intercambio de cordialidad, porque al punto esbozó una leve sonrisa.

—¡Hombre —señaló—, vamos allá! Vamos al llano ése a ver si pasa algún cuate que pueda darnos una buena pista de lo que dice usted anda buscando...

Mudos y mustios nos sentamos en el vasto llano casi pelón, de escaso césped. ¡Qué lucha la mía contra la invasora somnolencia enervante, efecto del desvelo, en aquel silencio, a lo tibio de los amorosos rayos del sol tierno!

Gracias a que pronto mi obligado cicerone levantóse presuroso para palmotear, siseando, hacia un individuo que cruzaba. Cuando éste se acercó, yo también ya estaba en pie.

—Eh, tú (*no dijo ningún nombre por miedo manifiesto a incurrir en delación*), aquí el señor (*entrecerró los párpados de modo significativo, al par que movió el costal como previniendo al otro el por qué no me llamaba camarada o compañero*) que no lo entiendo y se carga un enredo que te explicará.

En el menor número de palabras relaté con exactitud mi situación, sin omitir que aunque debido a los accidentes probables de mi perentorio viaje, no era portador de ningún documento que me identificase (amén de los volantes que vine repartiendo en el trayecto, dos o tres de los cuales que aún quedaban creí oportuno sacarme de los bolsillos y mostrarlos) a esas horas mi credencial con mi retrato habría llegado ya, por medio de nuestro dispositivo, a Monterrey.

—¡Pobre amigo! —exclamó el nuevo personaje (alto él), con dejo irreal, a las claras sólo aparente, de piadoso sentimiento, luego de oír mi relato en actitud seria, cachazuda, severa, sin mínima pizca de curiosidad o de sorpresa.

Y agregó:

—Tú (*y tampoco dio nombre al que fijase las proclamas*), ¿cómo no te vas a averiguar por el paradero del señor ése que busca este cristiano?

(En seguida pensé: "tratan de que desaparezca, de desprenderme del fijador de los carteles, el cuerpo del delito. ¡Muy bien!").

E insinuó aún:

—Mientras, yo espero aquí con el amigo.

Hermético, sin más palabras ni ademán alguno de augurio de promesa, el fijador se largó, achiquitándose sobre la planicie a medida que avanzaba, para finalmente meterse por una de las verdes puertas de una tiendita. Minutos después salió, siempre con su costal a cuestas, y se perdió al doblar la esquina. Luego vi salir a otra persona, vestida también de overol, quien tomó la calle transversa, en dirección opuesta.

Cual si de veras fuese un fortuito hallazgo, al buen rato se nos aproximó un hombre de cierta edad, rechoncho, con aspecto clásico de obrero.

—¿Qué tal? —saludó desde lejos, y tendido el brazo derecho adelantóse a oprimir la mano del que estaba junto a mí.

—Ya lo ves, de plática con el joven mientras se llega la hora de entrar a trabajar —dijo el primero, y en gesto alusivo me instigó: "Y a propósito, cuente, joven, cuente cuanto le ha pasado, cuénteselo a este vale, que no es de mal corazón, y veamos si discurriendo las cabezas le ponemos entre todas remedio a su tropiezo.

Yo aunque fastidiado ahora de tamaños disimulos por parte de quienes sabía no podían ser en realidad sino lo que eran: mis compañeros, expuse abierta, precisamente, mi caso a pesar de que ellos no soltaban, ni soltarían, prenda.

—Hermanos —propuso el hombre rechoncho en tono ambiguo, evitando deliberadamente la responsabilidad de un camarada o compañero por si acaso pudiera comprometerlos. Hermanos —reiteró—, a mi parecer lo que más importa es que tú, amiguito, llegues a Monterrey, ¿no? Bueno, bueno, se hará cuanto se pueda. Conozco al chofer de un camión de carga que hace viajes a la frontera cada tercer día. Precisamente hoy debe salir, si no ha salido ya. Iré a ver si lo encuentro, y de paso te mandaré de mi casa una canastita con un almuerzo a lo pobre. ¡Habrás de perdonar! Aguárdate tantito.

—Muchas gracias —respondí, emocionado— ¡Ojalá no haya mayor dificultad y salga bien todo, porque urge mi presencia en Monterrey!

—Entonces yo me voy —dijo el alto—, no hago ya falta y apenas, yéndome ahorita, llegaré a tiempo a la fábrica... Si no, me rebajan una hora...

—¿Quién te agarra? ¡Vete ya! —gritó, de broma, el rechoncho, mientras volvió las espaldas para despedirse todavía más de mí con un "¡hasta lueguito!"

¡*Buena treta me han jugado*! —pensé al quedarme sólo—. *Huyeron los muy tunos ante la sospecha de que sea yo espía*. Pero en plazo pertinente trajo un muchacho la canasta del almuerzo —huevos revueltos, frijoles, tortillas de maíz, café con leche, pan dulce y a poco tornó, corriendo, el compañero rechoncho.

—Todo está listo —dijo en oronda sonrisa— ¡Te vas, muchacho, te pelas oritita! Pero come con calma —persuadió—, que hasta dentro de un cuarto de hora no vendrá por ti el chofer... ¡Buenísima *reata*! ¡Un valedor como no hay dos!

Vino el camión repleto de mercancías que bajo de su amarre tapaba desde lo alto un encerado, y al pretender, modesto, arrellanarme sobre la tonga, me llamó el chofer.

—¡No, arriba no! Ven conmigo a la cabina; vente aquí que irás más cómodo...

Destrepé, y enternecido tomé una de las gordas manos del rechoncho:

—Camaradas: ¡cómo les agradeceré toda la vida...!

Lleno él de su donaire, no me permitió acabar.

—¡Ande, ande, canijo, que de tanto cumplido se me hace tinterillo destripado!

El chofer y yo reímos, mientras el otro disparaba un sonoro manotazo a la espalda del chofer:

—Que les vaya bien...!

EL NIÑO DE LAS 10 CASAS

Primera Casa

I

PARDEABA la tarde cuando cantaba la tía Leonor:

...y allí está inundada
de gozo la Gloria...

Siempre las palabras aquellas traíanle asociada la imagen de que la idea *gozo* debía estar muy escondida, y, como siempre que al crepúsculo su tía Leonor cantaba, Lorenzo empezó a caminar quedo, con las puntas de los descalzos pies, y se inclinó a registrar debajo de las camas. Pero siempre lo mismo, el mismo desengaño: allí no había sino zapatos viejos de un olor desagradable a cuero yerto, mucho polvo en los zapatos engrifados, humedad y sucias vedijas de pelusa que revolaban al primer contacto.

La *enferma* decían de su abuela, postrada en cama todo el tiempo.

—¿Qué buscas tú ahí, niño? —le dijo aquella tarde.

—*Buco* a mi tía *Malía*...

—Ven acá, ven, que ya es hora de que sepas bien las cosas: no era tía tuya. María era tu madre. Tu mamá que se murió... Y hasta tú fuiste al entierro. Tu madre, mi hija María, murió...Los que mueren, los muertos se van de este mundo y es tonto buscarlos, pues no se les encuentra...

En ese momento apareció por la angosta puerta de vidriera que daba al estanquillo, una anciana de negro, con burdo manto a la cabeza; los brazos cruzados debajo del manto, prendido a la barbilla, no descubría la vieja sino el rostro plano y cobrizo entre su negro bulto redondo que avanzaba. Traía mandil con bolsas, y por ahí, a la izquierda, colgábale desde la cintura un largo rosario de gruesas cuentas.

—Buenas tardes.
—Buenas, *Visha*...Siéntate.
—Este es el hijo de María, ¿eh? ¡Qué grandote!
—El mismo es, Vicenta (*Visha*), es...Pero siéntate ya, mujer, siéntate aquí junto...
—Déjame primero darte un abrazo, después de tanto tiempo de no vernos.
—¿Y tú no lo habías vuelto a ver desde el entierro de la madre...?
—Desde entonces, pues...Entre Felícitas, Agustina y yo nos llevamos cargando al mocoso, todo el camino hasta el camposanto.

¡El entierro! Ah...¿Cómo no recordarlo si era la primera noción tangible, real, de su memoria? María...María...era una vaga sombra como nube de sueño, que lo había dejado y, tal vez, para hacerlo rabiar, jugaba con él al escondite. Ahora, según su abuela, no debía buscarla más y no la buscaría. "*Se murió*". Pero el entierro sí era una cosa sólida: la luz de aquel paseo ("camino") largo, con sus cuestas, campo, árboles a lo lejos, aire, sol...Sobre los rieles, iba delante una carroza gris con molduras doradas; tiraban de ella dos mulitas en velo negro. ¡Y sí decía bien esa señora, quizás otra abuela suya! ¡Sí! Ella y otras abuelas —acerca de quienes por allí un grupo de hombres se refirió, llamando en voz baja: *las santuchas* — lo llevaron en brazos. ¡Oh, oh... si estuvo jugando con los escapularios, medallas y cruces que de las tres viejas guindaban del pescuezo! Ellas fueron rezando, rezando, dentro del tranvía negro que iba detrás de la carroza...

—¿Recuerdas —preguntó la santucha Visha—, recuerdas...? El día que lo trajo su madre estaba yo aquí.

—Lo recuerdo: vino la pobre con *éste* en brazos, haciéndose la graciosa, y tomando la voz del mocoso, como si él fuera el que hablara, dijo: "Aquí vengo a quedarme con mi abuela, porque mi mamá se va a morir."

—Y no mintió: aquí se quedó el pícaro.

—Pero sus verdaderas intenciones eran sólo dejármelo por unos días, para que ella pudiera atender mejor su casa...Pues con los otros siete muchachos... ¡y ya ves lo enamorado, lo sobrado, que el marido le salió!

—¡Ocho hijos!

—Y el mayor, Luis, le lleva diez años a éste: va entrando a los catorce. ¡Ese sí que es guapo, buen mozo, con sus ojos verdes! Ya anda ayudándole a su padre...Si los viera María, su madre, mi pobre hija, tan fuerte, saludable, ¡tan hermosota como parecía! ¿Quién lo habría de decir?

—Ya le daría en el corazón, Cástula. Un aviso de Dios, que la tendrá bajo el gozo de su Divina Presencia en la gloria, su celestial mansión. Era una santa.

La enfermera empezó a llorar. A esta hora la tía Leonor trasteaba por la cocina pequeñita, frontera de la azotehuela, único recinto claro, soleado, de la casa, y la tía Conchita, silenciosa, esperaba clientes que despachar, atendiendo el estanquillo. La pieza de adentro, comedor y dormitorio general, en que la abuela estaba, era de techos bajos con toscas vigas salientes y muy juntas. Además de la de vidriera, pequeña, de una sola hoja, tenía la estancia otras dos puertas, ambas de madera e indefinible color obscuro: una grande, a la izquierda, que comunicaba con el gran patio de la vecindad, y otra menos grande al fondo, hacia la azotehuela, sitio donde a Lorenzo deleitábale sentarse al sol en una bacinica para vaciar el vientre, mientras contemplaba extático las piezas — el *choc*, los engranes— de un torno, yacentes a la pared; torno que decían era de su admirado tío Tomás, quien, con Manuela, su gordísima mujer, vivía en una vecindad de la acera opuesta a la del estanquillo. Su tío Tomás era maestro mecánico, obrero de la Compañía de Luz, y su tía Manuela vendía telas dentro de su casa y prestaba dinero al interés.

—Esa casa sí es limpia, grande, buena —pensaba Lorenzo.

Comprendía sala, comedor, alcoba, cocina y hasta excusado dentro, y no como en la vecindad suya, de enfrente, donde los excusados eran comunes y servían por igual a todos los inquilinos. Sin embargo, la tía Manuela había enviado a la del estanquillo aquel torno bonito, porque no hallaba lugar donde meterlo sin que *afeara* su casa y no estorbase.

A la sazón reía la abuela:

—Siempre fue igual Manuelita, ¿verdad? ¿Recuerdas, Visha?

—La misma de siempre: bien me acuerdo. ¡Dios nos valga y nos perdone!

—Desde chica muy comodina y gustándole con exageración guardar centavos. ¡Lo que hube de castigarla porque les arrancaba de las manos el dinero a sus hermanas! ¿Y cuando iba yo a vestirla y ella se resistía llorando, para defender los bodoques, los nudos de centavos que le abultaban en las medias por doquier...?

Obscuro ya, entró la tía Leonor a prender la lámpara de aceite a la Purísima, y en despedida cortó la penumbra el rebujo monjil de la santucha.

Más tarde vino de visita la rolliza Manuela, con Tomás. Sentáronse ambos en el par de butacones de lujo, el orgullo de la familia, que a Lorenzo no permitían ni tocar; esos butacones, que luciesen asientos acojinados y flamantes en forros de terciopelo carmesí, brillaban en su terso barniz negro —*de muñeca*— y sus cornisas y respaldos con rosas en relieve, como para martirizar el lomo de quien disfrutara el privilegio de ocuparlos. Cuando el orondo matrimonio salió, las tías del estanquillo lo censuraron, entre indulgentes sonrisas de la enferma, diciendo que viniera a comerse los bizcochos e irse ya cenado, por no gastar.

Carmen, más o menos de once años, hermana de Lorenzo, llegó luego a dormir y se acostó con la tía Leonor.

El niño dormía con la tía Conchita, en una cama de cabeceras azules y perillas doradas; del metálico varillaje colgaban rosarios y más rosarios al balance de diversos crucifijos. Quizás a causa de la falta de aire, uno de los mayores tormentos de su niñez en esa casa fue durante las horas de dormir. Las personas tienen características fisiológicas y la de este arrapiezo era su continua sed. Temeroso, no se arriesgaba a despabilar francamente a la tía y recurría a empellones con el hombro y patadas al disimulo, hasta que la mujer despertara exclamando: —¡Qué bien mueles!— y le diese agua. A menudo se orinaba en sueños y aquélla, sobresaltada por el frío contacto, alzábase de súbito, refunfuñando, a mudar las sábanas. ¿Quién no habrá observado el sueño de los enfermos del corazón? Repentinamente parecen suspender el resuello en alarmante silencio, para después de suspiros lastimeros desatarse en bufos resoplidos y estertor. Así era con la tía Conchita que padecía de ese mal y, además, cuando la plenitud del sueño, rechinaba los dientes. ¡Ay, los largos desvelos por los resoplidos, los estertores, el rechinar de dientes y el chisporroteo de la lámpara, cuyas prolongaciones e intermitencias desde el altar de la Purísima, bajo la mirada de un Cristo clavado al muro en su cruz de medio metro, produjéranle pánica zozobra! ¡Gracias a ese reloj que cada hora le maravillaba un minuto con su música y hacíale pasaderos los insomnios! A las cuatro de la madrugada estaba ya en pie la pobre tía Conchita y de puntillas íbase hacia el estanquillo para prender allí una vela, ponerse a barrer, sacudir el mostrador, arreglar las escasas mercancías en los endebles anaqueles y aguardar al panadero. A las cinco sonaba fuera un cencerro, signo de que había llegado el lechero con su burra del ronzal. Entraba de puntillas la tía y en propia mano poníale a los labios el pocillito de caliente leche de burra, lo cual era poco más de un buche, pues costaba muy caro y con amor y sacrificio proporcionábanselo aquellas buenas almas, como medicina y el gran alimento que fama tuviera de ser, pensando que el chiquillo parecía débil y había estado muy enfermo. A partir de entonces, dueño entero del lecho, podía disfrutar hasta muy alta la mañana, si no despertaba orinado, de los más felices, más sabrosos instantes de su vida.

—¿Dónde se lo pondremos ahora? —entraba de tiempo en tiempo, cualquiera de sus tías, enarbolando el minúsculo vigésimo de un billete de lotería.

—Como siempre —respondía la abuela—, debajo de sus vestiditos para que dé suerte.

Colocaban el billetico bien envuelto, bajo del manto azul de la Purísima Concepción, entre las entrepiernas o los encajes de sus pantaletas.

II

Quizás porque la Inmaculada fuera la Patrona de la casa y veíasele llena de cintas con amuletos (*milagros*) de plata y oro a través de su capelo, la tía Concepción (Conchita) que era de mediana estatura, clara tez, pelo castaño, tenía hecho voto de castidad a la Virgen, aunque en su adolescencia enamorárase perdidamente de un hombre casado —hermano del padre de Lorenzo—, sujeto fabuloso con quien huyó, debiendo la pródiga, para no verlo ya jamás, después de una semana de vida conyugal, volver a la materna potestad, pero sin olvidarse nunca de él, amarlo siempre. Prueba de este amor fue que cuando aletearon apagados rumores de que el hombre había muerto, la tía Conchita, luego de sentarse a gemir, hundida dentro de los brazos la cabeza, levantárase diciendo entre sollozos:

—¡Por fin me deja tranquila! El va a descansar y mi pena se alivia...

Entonces la tía Leonor, morena, garbosa, cacariza por la viruelas que pescó de niña, con exuberante cabello negrísimo, ojos grandes y facciones pronunciadas; la tía Leonor, que sin ser alta lo era poco menos que Conchita y sin ser fea, lo era para el gusto común de la familia, salía más asiduamente al estanquillo para platicar con un novio negro, que acodaba su rozagante cuerpo al mostrador. Adentro el noviazgo era objeto de burlas sino de riñas, principalmente a causa de la raza del galán.

—¡Un negro en la familia! Dile, ¡se lo dices!, que no venga más aquí...

Y hasta la abuela comentaba incisiva, riendo:

—¡Ah, hija mía, quién sabe a quién saliste! No me extraña que con esa trompa de boca y esa espesa nariz de aletas gruesas, tan chata como tienes, te gusten esos negros...

Luz, la hermana de Lorenzo, tendría unos trece años. Inopinadamente abandonó los estudios, rehusó ir a la escuela, y cuando la reconvinieron por ello, dijo:

—¿Qué voy a aprender yo allí, con una profesora que no hace más que hablarnos del pedúnculo?

Así trató de referirse a la clase de botánica; pero la verdad era que tenía un novio en la vecindad, Othón, por lo cual llegaba todas las tardes, bajo pretexto de visitar a la abuela enferma, para luego salir y plantarse de charla con el novio. Después entraba de nuevo, ponía un beso en la frente de la enferma e íbase a casa de su padre. Como pronto se supo la treta y una vez viniera Carmen, la hermana que inmediatamente le seguía en años, a decir que entrase ya, que bastaba de charla, que en el estanquillo la tía Conchita trinaba de furia, Luz le respondió, aludiendo al olvidado lance amoroso de la tía:

—¡Jesús, con las viejas mochas! ¡Se asustan de los aventadores y se tragan los petates!

Para este tiempo, en que Lorenzo podía ya contar hasta diez y salir a la calle, llegó un nocturno desvelo no sólo menos triste sino dulce a pesar de los resoplidos de su vecina de cama, pues, próxima la Semana Santa, el Viernes de Dolores, desde la mañana, las tías habían adornado muy bien el altar de la Virgen y limpiado el Crucifijo, que desde su altura presidía y custodiaba a la Purísima.

—Riega el trigo— estuvo ordenando la tía Conchita durante los quince días precedentes al Viernes de Dolores.

La tía Leonor iba a la azotehuela y rociaba con agua el verde brote del trigo sembrado en unos tiestos. Esbeltos, rectos, limpios, alzábanse los tallos.

—Es hora de meter el trigo.

Traían los tiestos y, engalanados con papeles de colores, los asentaban sobre la mesita de la Virgen, el altar, cerca de muchas naranjas a las que introducían puntas de popotes, astas éstos de doradas banderitas de papel, que arriba flotaban, al extremo superior de los popotes. Abajo, entre un círculo de arena húmeda, mojada, que desparramaban en esa parte del suelo de baldosas, ponían grandes ollas de barro rojo con refrescos de chía, de tuna, de piña y de limón.

A esta fiesta vendrían prestadas las sillas buenas, de mimbre, de la casa de enfrente, pues la del estanquillo, aparte del negro par de orgullosos butacones, el mobiliario no excedía de tres malos asientos de tule, mustios de mugre y casi desvencijados, movedizos, por el uso. Los tíos Manuela y Tomás se pasaron toda la velada repantigados en los butacones de lujo con forro de rojo terciopelo.

¡Oh, raras causas nimias de que dependen la infelicidad o el bienestar de un niño! Aquella primaveral noche la cama fue un prodigio, un paraíso, nada más porque, prendidas muchas velas, la pieza estaba clara; porque, para que saliese el humo, dejaron la puerta abierta y a través de las cortinas el vientecillo fresco bullía satisfecho, y por un peculiar, pertinaz, ruidito de papel: ondeaban susurrantes las banderitas de oro volador.

Uno de sus peores sufrimientos hubo de originarle la compra de un sombrero, y la mayor alegría que lo llevara su tío Tomás al Circo "Orrín", donde más que las trapecistas, las caballistas, los barristas y los domadores, le ganó su admiración un payaso transformista, quien, tras el truco de una estrecha mampara, tan pronto era chino, indio, blanco o negro, como surgía de señora, de borracho, de torero, de charro, de rey o de gendarme. El sombrero, que sin gran aprecio de su repulsa y de sus lágrimas le obligaron a encasquetarse, era de tieso celuloide, de alas enormes y bajas cual un paraguas, de color morado, y con un moño negro cuyas sueltas puntas rebasaban los bordes filosos, casi cortantes, del sombrero; decíanle las tías que estaba de medio luto, y tanto la forma seria como la combinación —negro y morado— de la prenda, resultaba ideal para su caso.

Contar hasta diez tuvo que aprenderlo del Güero, su amigo de la vecindad, pues aquella cuenta era indispensable para un juego de la tarde, cuando Lorenzo, provisto de una tortilla de maíz oculta dentro de su bata, salía al portal del gran patio, recogía el vuelo de sus faldas y bailaba —como lo viera en el circo—, a fin de llamar la atención de las niñas de la vecindad respetable de enfrente, donde no había casi niños. Una por una las niñas lanzábanse corriendo, para meterse dentro de un inmenso barril vacío, que estuvo mucho tiempo cerca del zaguán. Lorenzo entraba luego al barril. Sacaba la tortilla.

—¿Por qué boca quieres comer? —preguntaba en secreto, e introducía pedacitos de la tortilla de maíz en los labios verticales del sexo de la niña, pasiva y agachada frente a él.

Mientras, el Güero en voz alta contaba hasta diez, para rematar con palmetazos al barril. Inmediatamente salía Lorenzo y entraba el Güero a repetir la operación con la misma u otra niña.

Un encanto más reserváraler ese patio de pavimento ruinoso, con baches allá y aquí, por usura del avaro propietario; el de los charcos —donde arremangada la bata, le placía chapotear el agua— y algunos desencantos: la peste insufrible del excusado y el desagradable efecto de ver, al abrir sus puertas sin pestillo, a los hombres en cuclillas, mostrando sus partes pudendas, renegridas, entre un pavoroso abismo de crispantes vellos.

Salir a la calle consistía en cruzar de acera a acera el empedrado para traer y llevar mensajes o encargos de los tíos, o ir hasta la gran tienda de la esquina. Fufo era el mote de un idiota del barrio, un ser fétido, harapiento, siempre orinado, cuya existencia misteriosa, incomprensible, ocupaba ratos de su meditación y servía para espantarlo en ocasiones.

—Sosiégate, sosiégate —decíanle a la oreja—, que si no, llamo a Fufo y te va a llevar.

Lorenzo creía que el incomprensible, el misterioso Fufo, podía estar a cualquier hora en todas partes. Sin embargo, hallándose dentro del estanquillo, seguro, detrás del mostrador, si era de día y llegaba Fufo, no reparaba en hacer coro a las risas de sus tías.

Hechos y volanderas especies de robachicos infundían pánico en los hogares y barrios pobres por esta época. Cuando, de noche, le mandaban con algún recado a sus tíos de enfrente, iba Lorenzo como la sombra de una flecha sobre el empedrado de la calle, saltando y cantando en las tinieblas, para ahuyentar el miedo y alejar de sí a cualquier posible robachicos o Fufo.

—¿Qué trae, tan contristado? —preguntó la tía Leonor a éste cierta vez.

—Ando muy enfermo ahora: meo caliente

—respondió Fufo, gimiendo.

El niño no se unió a la carcajada, porque pensó que él mismo debía hallarse muy enfermo, pues también orinaba muy caliente.

Así llegó el invierno.

La abuela se agravó.

Y para la nevada de 1907 vinieron el tío Tomás y su mujer, presentando a la expectación copos blancos de nieve contra el negro, en su paraguas.

—¡El mundo está de cabeza! —dijo la anciana.

El día siguiente que, temprano, muy temprano, bajo su sombrero de celuloide, duro, mas ya partido, porque sonaba al golpe de los dedos y al fin le sirvió para rodar y otros juegos (pues, de todas maneras, la materia era bonita) fue por grandes cirios a la gran tienda de la esquina, oyó decir a una de las compradoras, rasante al mostrador:

—Parece que anoche murió doña Cástula, la señora del estanquillo.

—¡Eso lleva ganado! ¡Ya pasó lo que todavía nosotros no pasamos...!

—¡No ignora lo que nosotros ignoramos! —terció otra parroquiana.

—Sabemos cuándo nacemos... ¡pero no cuándo morimos! —agregó la primera mujer.

—¿Sabemos cuando nacemos que nacemos? ¡Ni siquiera eso!

Al velorio y entierro acudieron los vecinos. Allí estaban doña Marianita, Chole, Socorro, la vieja Vicenta y su nieta Piedad. Vino el padre de Lorenzo con todos los hermanos y hermanas de éste: Luis, Joaquín, Teodoro, Luz, Carmen, Esperanza y Elisa.

Vinieron otros allegados a quienes nunca había visto antes, como las hermanas de su padre (apodadas a sus espaldas las Juanerolas por las demás tías) y como su tío Quintanar con su hijo Moisés.

Piedad, la nieta de Vicenta, era garrida moza, bellísima, de quince años. Usaba rebozo terciado altivamente. Se quedó una temporada ayudando a los quehaceres y el día de la defunción, hizo de inolvidable ángel guardián, pues con todo atrevimiento bajó de los entrepaños del estanquillo una lata de galletas, un frasco de dulces, y repartió el contenido a los ávidos chiquillos, entre el desbarajuste que ocasionara el duelo. Rumorábase que desde los diez años había perdido la virginidad, que era una piruja coscolina y que de todo ello tenía la culpa Visha, la abuela, por consentidora.

A la que nombraban doña Marianita —blanca y muy alta— veíasele siempre sucia y perpetuamente embarazada. Tenía una caterva de hijos, en escalera, quienes por intercesión materna engullían las mejores golosinas. Soñaba el rapaz causarle daño mediante una sensación tal de terror que jamás olvidara ella, y de aquí que al verla gesticulase frente a cualquier espejo o vidrio para impresionarla. Lo frecuente consistía en extender los brazos en cruz ante la puerta, entre esos desalmados, raros visajes, para no dejarla entrar; pero un día se armó de un fino y largo punzón que puso a la descomunal barriga en preñez de la infeliz, que arrinconada contra la pared gritó despavorida:

—¡Ay, ay, el niño me mata!

¡Quién sabe si el extraño sentimiento de Lorenzo

no obedecería a su orfandad, al medir el contraste del amor entrañable que aquella mujer manifestaba por sus hijos y el frío vacío, en cambio, que a su torno él encontraba, helándole de odio el corazón!

Tal vez, por ello también, le irritase con tanto rencor el que, muerta la abuela, no hicieran las tías inmediato caso a sus demandas, si algo se le ofrecía, la necesidad simple, verbigracia, de que le abrocharan atrás los tirantes del pantalón, para lo cual en múltiples ocasiones, con objeto de evitar que le viese en trance tan importuno el novio negro de su tía Leonor, cuando ambos hallábanse de plática, debía ponerse a cuatro pies hasta llegar, sin ser visto fuera, detrás del mostrador, junto a la tía.

—¡Ya Moisés colgó los hábitos...! —exclamó enfurecida Conchita, una mañana—. Eso escribe —agregó—. Mira la carta.

—¡Cómo no se va con su padre! —replicó Leonor.

—Su padre... El Chato Quintanar está muerto de hambre... Pero si el bizquito Moisés no tiene vocación de sacerdote, ¿para qué se metió?

—¡Vocación! Ese nunca se ordenará... Acuérdate de chico lo sangroncito que era...Parece que lo estoy viendo: con aquellas velas de mocos que le chorreaban de las narices al hocico, siempre cursiento, hipócrita, díscolo y chillón.

—¿Pero qué hacemos? Tenemos que recibirlo... Dormirá en la cama que dejó mamá.

Luego las tías hablaron del señor Quintanar, como decían en público; del Chato Quintanar, como ahora llamaban en privado al padre de Moisés. A este tío, el Chato Quintanar, le faltaba toda la punta de la nariz. Era un músico de barrio. Componente de una mezquina banda tocaba el violín en la iglesia de San Sebastián, en las posadas, en bailes y otras fiestas de las vecindades. Había sido —contaban— mujeriego y muy malo con Natalia, su esposa, muchos años, y cuando sin el habla gangosa de hoy, con la nariz en perfectas condiciones, supo que su mujer acababa de morir, vino corriendo a llorar de rodillas en un abrazo eterno, dementes alaridos y besos furibundos al cadáver, hasta que a viva fuerza le arrancaron éste para llevarlo al cementerio.

—Después —concluían— le apareció una llaga, y la justa mano de Dios lo señaló carcomiéndole la nariz como castigo de su mala conducta en vida de Natalia...

La llegada de Moisés fue un acontecimiento. En vez de llamarlo el bizquito hético, chillón y pedinche que viene a ser una carga más... —como esperaba Lorenzo— llamáronle hijo y tratábanlo con asco y recelo íntimos, pero ostensible respeto, pues acaso sería el futuro *curita* en la familia... No colgaría los hábitos, descarriada ocurrencia momentánea suya, fruto —dijo— de un instante de tentación del Enemigo Malo, sino que venía sólo de vacaciones. A Lorenzo le extrañó mucho que Moisés no se desnudara al aire y ojos vistas como sus hermanos, hermanas y tías. Arrinconáronle un floreado biombo, encima del cual viéranse suspensos al despertar, los pantalones con tirantes, el albo cuello duro de clérigo y demás ropas del seminarista, quien salía de allí por las mañanas, completamente vestido, igual que entraba por las noches. Bajáronle una jarra en forma de cerdo, que echaba el agua por los conductos de las narices, cosa que divertía mucho al *curita*. La jarra color de rosa, vidriada, muy ramplona y repulsiva, era uno de tantos regalos que, para los santos y cumpleaños, acostumbraba doña Oliveria, señora que siempre los hacía semejantes: vasijas o juguetes, aquellos juguetes tan inútiles y de ver horrible, como ese de porcelana que figuraba una pareja en zapatillas y gorros negros, medias blancas y casacas de arabescos dorados, descansando sobre un tronco de árbol, cual una salchicha, del que subía una enramada.

Mencionaban a Luis, el hermano mayor de Lorenzo, entre alabanzas, jaculatorias constantes, a un prodigio.

—Era muy bonito de chico, ¿te acuerdas, Conchita?

—Una vez lo vestimos de ángel y se veía precioso, ¿te acuerdas, Leonor?

—El que sí está fregado —sentenciaba la tía Manuela— es este Lorenzo; siempre ha sido muy insípido, feíllo, el pobrecito.

—Luis es muy inteligente...

De pronto rondaron versiones en zumbar de abeja: "Huyó de casa porque su padre lo mandaba con la canasta del pan". El muchacho dijo: "Si me vuelves a mandar con la canasta del pan me voy, me voy y me meto de soldado". El padre, luego de apalearlo, contestó: "¿De soldado, tú, zángano,...de soldado?...No tienes valor para eso".

—¡Quién sabe dónde andará ahora el pobre chico!

—sollozaban las tres tías—. ¡Ah, ese padre, ... ese mal padre!

El Güero le dijo una tarde:

—Tu hermano Luis huyó, porque tu papá le pegaba mucho... Luis le andaba quitando su querida, una mujer, a tu papá. Eso dice Othón, mi hermano, que tu hermana Carmen le contó...

Lorenzo quedóse de una pieza, perplejo, sin saber qué decir ni comprender bien, pareciéndole aquello, por algún tiempo, una de las muchas misteriosas fábulas del Güero, hasta que cierta noche oyó de labios de sus tías el retazo de una conversación sobre su padre: "¡Celoso! ¡Celoso! ¡Y con el mal ejemplo que le da a las criaturas!"

Un domingo de sol, por la mañana, la casa del estanquillo palpitaba de alborozo. Llegó Luis en su uniforme de cadete, con espadín y botones dorados, y ¡tan alto! que, para penetrar a la pieza interior tuvo que doblar el espinazo bajo la angosta puerta de vidriera, evitando que tropezara su cabeza de metálico casco amarillo, centelleante y ornado con un blanco plumero de penacho. Dijo que fugitivo metióse a un cuartel y allí logró que un general lo prohijara e inscribiera en el Colegio Militar.

Suspendió, tiró al aire varias veces y luego tomó en brazos, con tal calor, a Lorenzo, que éste le cobró tierno cariño y vehemente admiración.

La Hormiga Arriera apodaban a una beata viejísima con hábito negro y peste a sudor acre de iglesia, corvo lomo, cabeza gacha y báculo temblón. Traía bajo el sobaco algún santo en pedestal de hucha con ranura, para recibir los dineros, las limosnas que la Hormiga Arriera pedía y llevaba al párroco de San Sebastían. De allí su apodo.

Pero entonces, la tía Conchita comenzó a expulsar de la cama a Lorenzo y ponerlo a cuatro patas, de madrugada, fuera, en el patio, con el orinado colchón por carapacho.

—Allí te quedarás toda la noche, ¡por meón! Para que aprendas y sepa todo mundo lo cochino, lo flojo, lo desconsiderado, lo indecente que eres —y le cerraba la puerta.

Berreaba el niño un cuarto de hora y abría la tía para meterlo de nuevo.

—¡Que sea la última vez! Otro día te dejamos fuera, expuesto al sereno hasta la mañana, para que te vean los vecinos.

Por fin determinaron que durmiera en el suelo, con una colchoneta, una manta y una sábana.

En estas circunstancias, el Día de Reyes despertó y halló cerca del lecho seis confites resecos, de los que vendían en bolsitas de malla sus tías y a él no le gustaban, junto a un feo juguete alemán, de dos hombres que se daban de trompadas al comprimir la base del juguete, mismo que días antes viera sin el menor interés sobre una tabla del estanquillo.

Descorazonado, anhelante por la sospecha, voló hacia la tabla y comprobó que ya no estaba allí el juguete. ¿Era, pues, aquel? Entonces...

—¿Qué te trajeron los Santos Reyes?

Sin respuesta, corrió a la azotehuela para esconder su llanto.

III

Petra, conocida por la Españolita en la vecindad, era muy guapa y casi una mujer. En cambio Chole, simplona, de piernas largas y pálidas —por lo que la llamaban Chorros de Atole— tendría unos nueve años, y Socorro, diez.

—La educación de los niños requiere paciencia, mucha paciencia. A éste nosotras sabemos corregirlo muy bien: nunca le pegamos, . . .

"Y cuando menos lo pienso me dan de coscorrones o me vuelan un candelero por la cabeza" —sentía Lorenzo ganas de contradecir, frenado el impulso picante de quejarse, sobre todo si la frase familiar sonaba en tiempo de Cuaresma, bajo ese ambiente melancólico en que por doquiera le recuerdan a uno los sufrimientos del Redentor y nos aconsejan dulzura y mansedumbre.

Durante la semana última de ayunos y abstinencias, los Viernes Santos, no bien amanecido, comenzaban dentro de la casa del estanquillo los preparativos para ir a las Siete Palabras. Turnábanse las dos tías el frecuentar los actos religiosos y dividíanse los paganos grupos de muchachos —entonces, como buenas catequistas, entre más perversos mejor— que debieran acompañarlas; pero el de las Siete Palabras monopolizábalo a cuenta de su natalicia prioridad la tía Conchita. Desde las nueve ya estaba dispuesto, en marcha, de estrenos y bañado, o cuando menos limpio, peinado y planchado, el batallón: Chorros de Atole, la Españolita, Socorro, Esperanza, Elisa, Joaquín, Lorenzo y tres o cuatro de los hijos mayores de doña Manuelita, para llegar antes de las diez a la aristocratica Profesa, poder coger buenos lugares en el suelo —cerca del altar mayor y el púlpito— y esperar hasta las once que daba principio el ejercicio. Sobre las delanteras de blusa y pantalones, pendiente del cuello y anudado por detrás, llevaba Lorenzo su negro babero con motitas blancas. Iba el cortejo provisto, a excepción de la tía Conchita que ayunaba, de bocadillos o tortas hechos, como día de vigilia, de ahuaxtle (huevos de moscas de la Laguna de Texcoco), romeritos, o charales y chile.

En llegando a la iglesia, ya la chiquillería andaba inquieta por pellizcar los bocadillos, hasta que Conchita la sorprendiera y detuviese:

—A guardar eso, que es pecado comerlo ahora... No parece sino que alguien se los va a quitar... Esas manos fuera y cruzaditos los brazos... ¡Así, como Dios manda!

Elegíase la Profesa porque allí predicaba el famoso padre jesuita, Lorenzo Icaza.

—¡Y está en opinión de santo! —iba mosconeando la ciudad, tiempo después de un sermón del sacerdote.

—¡Un santo! ¡En opinión de santo!

Pero Lorenzo, meditativo, con esa gracia de la imaginación pueril, donde realza o rompe valores el más fino golpe de fantasía o a veces una mera coincidencia, la idea *santo* asociábase únicamente a las imágenes que veneraban o adoraban en su mundo, bastando para que le entusiasmara las alabanzas al gran predicador, el hecho de que fuera tocayo suyo.

¡Y la entusiasta devoción llegaría a lo excelso cuando le viese aparecer con su bonete, no como los que suelen usar algunos niños ni de esos comunes de otros curas, sino de dos largas puntas cónicas a manera de cuernos imponentes! ¡Entonces sí estaría dispuesto al arrepentimiento y confesión de sus pecados todos, todos: que se robaba los centavos del cajón del estanquillo, que a hurtadillas comíase los panes y dulces de venta, que estaba pellizcando a deshora su torta en la Profesa...!

Mas antes había que aguardar, algo aburrido, viendo la llegada del gentío y cómo la pobre muchedumbre —niños y mujeres la mayoría— sentábase a empellones y ahogos en el suelo, mientras las familias ricas tranquilamente se posesionaban de unos bancos reservados, en un principio vacíos y que debieran ser de su propiedad, pues tenían letreros al respaldo.

Pero los ojos y la vista, por más vueltas que diesen, tornaban siempre a una enorme cortina morada, desteñida, promesa de la complementaria decoración del gran teatro que íbase a representar. La cortina morada, cuyos pliegues luídos en vez de desmerecer acrecieran el prestigio del espectáculo, pese a otras añejas huellas que delataban el frío desamor, el abandono privativo, peculiar de sacristía, descorríase minutos contiguos a las once, apareciendo ante el revuelo de los fieles un tempestuoso firmamento, bajo el cual hombres del pueblo humilde traían a cuestas una cruz, que cerca de la Madre del Señor y San Juan colocaban entre la de Dimas y Gestas sobre un Monte Calvario de tétrico papelaje abollonado con piedras de cartonería en gris y blanco, dentro de las que salían ora esqueletos enteros a mortecina contraluz, ora calaveras y demás huesos que deberían mirar hacia la insignia de Cristo Salvador, según previas explicaciones que de drama y escenario le diesen a Lorenzo en la doctrina y el hogar.

Ocurría siempre, ¡caramba!, sin embargo, que ciertas calaveras y algunos esqueletos resultasen dándole la espalda a Jesucristo, y el niño, entre cólera, burla y disgusto reprimidos, desesperara secretamente por dirigirse a corregir las posiciones de los huesos, sin acertar a entender el motivo de yerros tan grotescos —¡y en la iglesia!— que menguaban así su religiosa fe, que él anhelaba intocable, inconmovible.

Puntualmente, a las once, con otro revuelo mayor de murmullos, aparecía, de pronto, el padre Icaza sobre el púlpito, en su díptero bonete de antenas singulares. Frente al púlpito del famoso predicador jesuita, magro, cetrino, espigado, con mucho de langosta voladora al mover sus brazos, cuyas manos secas entresalían de las mangas de su sotana, levantábase un templete provisional donde había otro cura, muy blanco éste, de cogote porcino, rechoncho y pelado al rape, con un libro abierto al borde de la barandilla del templete. Tras un breve exordio del padre jesuita, el de enfrente leía un párrafo en latín: la Primera Palabra (*Pater, dimitte illis quia nesciumt quid faciumt*), que repetía en castellano: "Perdónalos, Señor, que no saben lo que hacen."

Terminada esta lectura del libro, luego de una pausa hábil para imprimir solemnidad, recoger el aliento, fascinado ya, de su auditorio, e impregnarle silencio, comenzaba —tono gradual y vario trémolo— su sermón el padre Icaza, disertando sobre el tema leído.

A intervalos melódicos de gran orquesta funeral, leía las Otras Palabras el cura de enfrente y el predicador disertaba, estremeciendo al público de emoción, hasta el delirio.

A las doce concluía la primera parte del oficio, bajaban los sacerdotes y hacíase un largo intermedio, que el orador, al cerrar su prédica, llamaba de *La Meditación*.

—Ahora, ahora sí saquen sus tortas... — mandaba Conchita.

Entonces, con los otros chicos, Lorenzo se atracaba y distraíase en ver comer a los demás grupos de gente pobre, envidiando a cuantos empinábanse jarras de pulque o botellas de gaseosas y diversos líquidos, porque su grupo no llevaba de beber y él moría de sed, entre tales apreturas y sofocación, de tanto público. Pero se resignaba al considerar que acaso aquéllos pecaban, pues comer y beber a un mismo tiempo ese día, quizás fuera muy malo.

A eso de la una, tras sepulcral silencio en la iglesia, surgían los sacerdotes y reanudaban el acto, para terminar a las tres, cuando a continuación de las Ultimas Palabras: "—*Consummatum Est*... Padre, en tus manos encomiendo mi espíritu—, cuanto la que mejor entendía Lorenzo: (*Sitio*) "Tengo sed" y las que menos comprendiera: —"Mujer, he ahí a tu hijo; ve ahí a tu madre", "Señor, Señor, ¿Por qué me has abandonado?", el gran predicador jesuita, el padre Lorenzo Icaza, decía tan solemne como sencillamente en su profunda voz, mientras, en clamorosa prosternación, la concurrencia diése de rodillas contra el suelo:

—Ha muerto Jesús, Nuestro Señor Jesucristo: ¡El Salvador y Redentor del Mundo! —y bajaba, luego, del púlpito, sin el más leve ruido, entre un mutismo impresionante.

Pero ya Lorenzo, con su tornadiza mente de niño, estaba discurriendo sobre los apuros de la salida en asfixiante bochorno, y como él el templo entero, pues removíase la masa de cuerpos y comenzaba el zumbar de avispas del público que abandonaba la Profesa.

—¿Se han fijado cómo es el Viernes Santo? —inculcaba Conchita en su infantil tropa—. ¡Qué triste, qué polvo, qué viento! Cuando la Crucifixión del Nazareno, Cristo Nuestro Salvador, tal día como hoy, sobrevino una tempestad, y desde entonces cada año, hasta la naturaleza quiere recordarnos la Pasión y Muerte del Señor...

Los niños se fijaban en la luz del sol, que, en efecto, era triste: en las tiendas cerradas; en el sombrío duelo y la compostura triste de los transeúntes, y ellos sentíanse obligados a observar trazas dolientes y poner caras compungidas mientras encamin´ábanse, despacio, a la Alameda.

Allí los vendedores de juguetes y baratijas, de incitante colorido, aderezaban sus puestos para el Sábado de Gloria. Comenzaba el desfile por el más lejano puesto, y tanto a Joaquín, hermano de Lorenzo, como a las hermanas y demás chiquillería se les iban los ojos tras las chácharas festivas. Pero Conchita les cortaba de antemano la ilusión y posibles pretensiones, con esta frase, que era, a un tiempo, presagio halagador para el más pequeño de los chicos:

—Ustedes ya están grandes...

Deteníase Conchita; preguntaba por un carretón de matraca (que a Lorenzo antojábasele siempre llenar de los diablitos rojos y esos esqueletos bailarines de resorte, que veía pendiente de un cordel), regateaba, no compraba, y seguía la comitiva para detenerse ante otro puesto y otro y otro, sin comprar...Al fin, en el último puesto de la gran hilera, ciertos de no poder adquirirlo más barato, le compraban el carretón, que —¡ay!— muy raras veces pudo ver colmado de diablitos.

Con él a rastras y el ruido de la matraca en el camino, llegaba el Viernes Santo hasta su casa, donde la tía Leonor, con su respectiva tropa —el Güero, Carmen, Luz, Teodoro, entre ella—, preparábase, a su vez, para marchar veloz a la ceremonia del Descendimiento, en Catedral.

IV

Tocaban a la puerta.
—¡Tem, tem!
—¿Quién es?
—Yo, la Hormiga Arriera, que he oído chillar al niño desobediente y vengo a llevarlo a la doctrina.
—Pues no, señora; estarán chillando en otra parte: la vecindad es grande, tiene hartas casas de lado y

lado del patio y el niño de aquí es muy obediente y comedido. Pero si no aprende bien la doctrina, ¿a dónde lo llevará usted?

—Al Infierno...

Este paso le jugaban si lloriqueaba ignorante de la causa, pero con ánimo irritado y quizás de aburrimiento o sueño solamente. Poco después aparecía la que lo iniciase, al golpear y decir "tem-tem" tras de la puerta.

—Figúrate —simulaba la otra tía—, que vino la Hormiga Arriera por el niño.

—¿Y qué quiere? No llega todavía el sábado. Además, anocheció Dios: ya repicaron la Oración en las iglesias y va siendo hora de dormir.

—Eso digo también yo, y sólo para despistarla y por curiosidad le pregunté dónde se llevaría al niño si no aprende bien la doctrina, y me dijo que al Infierno...

—Sería que lo oyó chillar.

—Eso fue. Pero (*bajando la voz*) ¡chst!, calla, mujer; bien conoces lo astuta, lo mañosa que es... ¡No será difícil que ande aún rondando fuera y ya sabes el oído tan fino que se gasta!

Sin asustarle un ápice, Lorenzo afectaba crédula sorpresa, conteniendo la gana de reír y admitiendo el embuste, en lucro de decorosa oportunidad para dar fin al infundado lloriqueo, pues bien sabía que no era sábado por la tarde, cuando, entre un berrinche de alaridos y llanto, cualesquiera de sus tías le restregara con la toalla el rostro y le hurgase dentro de las orejas y narices, y sí, efectivamente, vendría la Hormiga Arriera por él y... ¡a la doctrina!

Ya en la iglesia, su notable memoria y el afán de sobresalir le otorgaban el primer premio, recompensa que disminuía en algo su fastidio y la molestia de salir de allí a prima noche, perdiendo, con catecismo y preces, irrecuperables ratos de ocio y travesuras.

Uno de aquellos sábados, al regreso de la doctrina, encontró de visita a las tres hermanas de su padre, las buenas *Juanerolas*. Hablaban del terremoto de San Francisco, California, pintando con vívidos colores cómo se sacudió la población, desplomáronse los edificios, abrióse la tierra y brotaron mares de fuego líquido que arrasaban con personas, animales, árboles y cosas, entre la mortandad, el incendio y la locura. Después contaron sus propias desdichas y miserias presentes, acabando por decir en ancha risa, para escándalo de sus otras tías:

—Por eso no vivimos muy agradecidas y satisfechas de Dios: no estamos en buenas relaciones; andamos así-así con Él...

Y, por último relataron lo que en lo sucesivo habría de oírles hasta la saciedad: "Nacieron en Cocotitlán, cerca de Chalco. Su padre —es decir el abuelo de Lorenzo—, don Juan Tapia —de aquí el mote de *Juanerolas*—, fue un poderoso terrateniente, con haciendas colindantes a las de los Riva Palacio y las de don Íñigo Noriega. Cuando quedaron huérfanas de padre, los licenciados les robaron las haciendas. A poco, muy jovencitas, viéronse, también, huérfanas de madre. Tenían una gran casa y en ella una tienda de parroquia numerosa. Era ya en tiempos de don Porfirio. El Jefe Político de Calichal, que además fuese comerciante, con muchas tiendas, le dio por pretender a la hermana menor: Pilar, para, con el matrimonio, llevarse a la más bonita, la mejor muchacha de la comarca y, en cierto modo, poner fin a la rivalidad mercantil, pues el negocio de ellas entraría, de aquella manera, en familia con los del Jefe Político. Pero, aborreciéndole, Pilar no le correspondió, y una noche el Jefe Político mandó quemarles por los cuatro costados casa y tienda. Entre las llamas, casi desnudas, salvaron la vida, nada más, las cuatro hermanas. Unas buenas amistades las recogieron en su casa, y días después trasladáronse a México, donde murió Pilar. Aquí, en la mayor pobreza, fueron durante varios años cigarreras de El Buen Tono. El crimen quedó impune."

A la mañana siguiente, domingo, sin saber cómo ni por qué hallóse Lorenzo de pasadía en casa de aquellas parientas, las *Juanerolas*, que, como las otras, poseían también un tendejón. Por fuera y dentro la casa dijérase la misma, sólo que las *Juanerolas* dedicábanse a tejer mientras no despachaban. Allí comió.

—¡Ah, qué lástima que no tengamos un retrato de tu tía Pilar!

—Cuantos había de ella, muchísimos, los perdimos —como todo— en el incendio.

—Después aquí con tanta crujia, siempre en la chilla y a la última pregunta, no pudimos sacarle ningún otro... Pero, mira.

Y las tres tías señalaron hacia un ovalado cromo, de relieve, con una leyenda al pie, en letras doradas: EL BUEN TONO. *Los Mejores Cigarros.*

El cromo litográfico representaba el busto de una joven morena, muy española, con cuello cerrado, collar de perlas, zarcillos y aderezo de diamantes, ojos muy negros, abundoso pelo castaño y mejillas de maduras manzanitas.

—Era idéntica.
—¡Idéntica!
—Igualita...
—¡Y qué manos las de tu tía Pilar!
—¡De ángel! Nadie como ella para tejer, bordar o pintar al óleo tapetes o cojines. ¡Todo!
—Un talento, un verdadero gran talento...

Tozudas, en la ininterrumpida locuacidad, mediada la tarde aquellas tres tías se emperejilaron y salieron con él de la mano hacia la calle. Iban de paseo, primero —concertaran— a casa del padre de Lorenzo. Y éste, durante el camino, anduvo presa de sonrojo y agónica vergüenza, queriendo huir, desaparecer o llegar pronto y meterse delante de ellas en cualquier cerrado sitio, porque las tres —más indígenas y morenas que él aún— tocadas de sus tres inverosímiles sombreros de chilaquiles, y las tres encorsetadas en sus tres petos por blusas de escamas por alforzas, chorreras volanderas, mangas largas y cuello alto sobre sus tres pueblerinas faldas con hinchazón de globos, levantaban al paso —cual protagonistas de feria— oleajes de curiosidad en risas murmuradoras y miradas maliciosas.

Pero las tres tías, muy quitadas de la pena, iban parloteando por la calle, con indiferencia inocente, hasta dar pie en su paradero.

Por vez primera llegaba Lorenzo a casa de su padre. Tenía ella dos puertas: una de acceso a un taller de zapatero, y a una pequeña lechería, la contigua. Dentro, separaba un cancel ambos establecimientos. Más adentro había otra pieza mediana; luego, una chiquita y luego, un patio grande. El padre no estaba, pero las hermanas y hermanos pusiéronse contentísimos, celebrando la aparición de Lorenzo. Campeaba allí una confianza, una libertad, como él nunca soñara. Sin más ni más le colmaron de golosinas y dijeron todos que estaban por cerrar e irse a la función de cine, gratuita y al aire libre, que darían en el parque de San Sebastián, a prima noche, y que las tías debieran acompañarlos. Animáronse éstas y prometieron la compañía. Cerraron —vestidos ya todos lo mejor— y fueron.

Entonces Lorenzo no sintió entre las Juanerolas el agudo espasmo de antes, pues parece que siendo tantos a compartirlo acaso le tocara la más mínima parte del sonrojo.

De pie gozaron de aquellas silenciosas películas temblonas de propaganda, con flores, mariposas, sueños y payasos.

A las ocho de la noche acabó la función ese domingo y decidieron seguir en grupo completo para dejar a Lorenzo en la casa del estanquillo, donde sus otras tías quizás estuviesen preocupadas ya por su demora.

Cerrado el tenducho, entrarían por la puerta que daba al patio de la vecindad. No bien llegaron, escuchóse desde fuera la voz del tío Tomás:

—Vengo de la plaza de San Sebastián. Allí estaban todos, todos los miembros de la familia Tapia en grandes. Acabo de verlos con las *babosas* de las Juanerolas en el cine de la calle...

Las tres pobres mujeres no pasaron. Silenciosamente desaparecieron, ofendidas, para no frecuentar aquella casa ni vérselas siquiera en mucho tiempo.

Hallándose alguna vez doña Oliveria, blanquísima y fornida viuda, sentada en un butacón, Lorenzo consideraba desde una cama lo alta que era la mujer y le remiraba los salientes dedos gordezuelos en sus negros mitones que casi rozáranle los codos.

—*Hé aquí alguien que me hace perder la noción del tiempo y de los hechos, pues quizás la vi antes de yo nacer y aunque no la hubiera visto creo que sabría quién es y cómo se llama, sin olvidar nunca su nombre.* —Pensaba más o menos, pese a no poder aún expresarlo entonces así, naturalmente.

(*Un viaje. ¿Su tío Tomás dijo:... lo llevamos a los viajes, a muchas partes, con nosotros, porque como es tan chico no paga pasaje en los tranvías ni en los ferrocarriles? ¿Su tío Tomas y su tía Manuela? Un lugar que llaman Guadalajara y otro Lago de Chapala. ¡El hotel!* y doña Oliveria dijo: "Duerman ustedes solos, tranquilamente en su cuarto, que el chamaco dormirá conmigo". *A la cama, pues, para un rato de inquietud y aquel sueño dulce por su pie sobre los muslos torneados, opulentos, cerca de algo con un vello suave, tibio, mullido... ¿Cuántas noches?*)

Aletargado entornó los ojos, con la visión borrosa del recuerdo.

Pero pronto hubo de abrirlos y desperezarse para escuchar y no perder el más nimio pormenor de la historia que antes jamás hubiese oído.

111

V

'Contaba nuestra santa madre —guárdela Dios y la Reina de los Cielos en su seno— que mi padre, el general Miguel López, no el Miguel López traidor, compadre de Maximiliano a quien dicen vendió, sino el otro que combatiendo cara a cara a los franceses murió en 1862, cuando yo tendría dos meses de nacida y mi hermana María, la madre de este niño, apenas año y medio, pues, como sabrá usted, mi madre quedó viuda de mi padre a los veinte años no cumplidos, por lo cual, acaso sepa usted, Oliverita, casó en segundas nupcias con don Fidencio Castañeda, un señor español, del que hubo dos gemelas, Natalia —ya finada— y Manuelita, quedando pronto viuda nuevamente, para no volver a casarse más...

—Entonces Leonorcita... ¿hija de quién es? —preguntó doña Oliveria.

—No sé —respondió Conchita—; pero no volvió lo que se dice a tomar estado matrimonial y que fue una mujer de rigor, empuje y muchos pantalones, lo prueba el que no sólo nos mantuvo, levantó y dio educación a todas nosotras, sus cuatro hijas, sino que enseñó a trabajar a Víctor, el padre de este niño... Pero ya eso es harina de otro costal, larga historia, que Dios mediante, algún otro día le haré, y vamos a la que le estaba yo contando... Íbamos en que mi padre, Miguel López, no el traidor que no era sino coronel, sino el otro, el general del mismo apellido y del que para testimonio puede usted ver esa placa que dice: "Miguel López murió combatiendo a los franceses", placa que hay en el callejón que ahora se llama "2 de Abril" y no es más que una continuación de la calle López... Mi padre, gran patriota, de los *chinacos*, partidario y muy amigo de Juárez, decía yo que contaba mi santa madre, vino un día perseguido, muy agitado y empuñando una bandera mexicana, de seda, con águila bordada y fleco en hilo de oro, y dijo: "Cástula, guarda bien esta bandera. ¡Así veas que me llevan al cadalso o que me matan, no la entregues a nadie sino a mí!"

A los pocos días vinieron los enemigos por mi padre, y cuando se lo llevaron preso, al despedirse de mi madre, estuvo parado justamente sobre la misma baldosa, debajo de la cual estaba la bandera, ignorándolo, pues ni siquiera él supo el lugar donde mi madre la enterrara. Murió mi padre y años pasó allá la bandera, bien guardada dentro de su caja, hasta que al cambiar de vecindad mi madre la sacó, y, casada mi hermana mayor, María, me la encomendó.

—Y esa bandera, Conchita, ¿por qué no la muestran ustedes y la entregan al Gobierno? Quizá les dieran un buen pico...

—¿Qué? ¡Cómo! ¿El sagrado encargo de mi madre? ¡Si todavía al morir en su postrera voluntad, sus últimas palabras fueron: "... Y esa bandera no la entregues jamás a nadie; que primero pasen sobre tu cadáver!"

Palpitante la luz de la lámpara, cuya mecha empezó a chisporrotear por la consunción del aceite, despidióse doña Oliveria y abrieron y cerraron tras ella las puertas del estanquillo.

—¡Qué visita más larga! ¡Y una que ha de levantarse a las cuatro de la mañana! ¡De nada me sirvió poner de cabeza la escoba en la azotehuela para que se fuera! —bostezó la tía Leonor, porque, muerta la madre, ya sin la dedicación a la enferma, puesta bajo su custodia, las dos hermanas acordaron compartir el madrugar y a ella le tocaba de turno esta semana.

Conchita no hizo comentario acerca de la queja y dijo, en cambio, mientras Leonor se desvestía, que la ventana del estanquillo —próxima a la puerta de la calle—, con su pretil tan alto, quitaba vista al establecimiento, por lo cual, de tener dinero, haría bajar el pretil.

—¡Y la bandera allí se está pudriendo! —exclamó al dirigirse al armario y sacar, de entre la cornisa y la tabla de encima, un gran paquete.

Absorto permanecía Lorenzo y al reparar en él, Conchita le llamó.

—¡Esta es! ¡Mírala! ¡Ojo con atreverte a tocarla y más ojo con lo que digas, con lo que hablas!

Trémula, irresoluta, como novata que fuese a perpetrar un crimen, la desplegó; trajo una tijera, una aguja, y púsose a descoser buena parte del fleco de hilo de oro, en tanto incorporada, sin chistar, Leonor la contemplaba.

Hizo del hilo un pequeñito lío. Durmieron. Por la mañana salió con el envoltorito y volvió, luego, con dos billetes de a diez pesos.

En corro esa misma tarde, bajo el portal del mísero patio de la vecindad, el niño contaba que su abuelo fuera un valiente general, rico, riquísimo y gran patriota, *chinaco*, que montado en su caballo llegaba con hartos, hartos cartuchos de onzas de oro frente a su tropa y le decía:

—¿Quiénes están conmigo? ¡Los que no quieran seguirme que den un paso atrás!

Y nadie daba el paso atrás, porque toda la gente y sus soldados le querían muchísimo, muchísimo, y entonces él sacaba debajo de sus brazos los cartuchos de onzas de oro —menos uno— y se los repartía.

Luego tiraba al aire las onzas del último cartucho e íbanse corriendo, todos alegres, al combate, para regresar el general en seguida y decirle a Juárez:

—He ganado la batalla...

Y entonces Juárez y el abuelo se abrazaban, porque eran amigos, muy íntimos amigos, y se querían como hermanos.

Al entrar notó que sus tías mostráronse con él visiblemente serias.

—Ya nos dijo la Españolita lo que argüendeabas allí afuera. ¿Qué tienes que andar repitiendo lo que oyes en la casa?

—¡Y luego tantas mentiras como esa de las onzas de oro y, sobre todo, que regalaba el dinero, tirando al aire los cartuchos!

—¿Dónde lo has oído? ¡Mentiroso!

—¿Quién te manda a inventar cosas? ¡Embustero!

Casi al estallar en colérico llanto por la reprimenda de sus tías, a punto estuvo de responderles que se acordaran de aquel juguete feo que halló junto a su lecho el día de Reyes, de las trampas con lo de la Hormiga Arriera, de las hipocresías con Moisés y otras cosas, y que más mentirosas eran ellas.

Vinieron aquella noche los tíos de enfrente y Conchita volvió a pintar las glorias de su padre y la bandera, concluyendo así la charla:

—Y esa calle de López lleva su apellido. Sí, es por él, y casi todas las casas del rumbo eran de él. ¿Se acuerdan? (tú no, Leonor, pues eras muy chica; tienes sólo veintisiete años: naciste el 81 ... sí, cerca ya mamá de los cuarenta). ¿Te acuerdas cuando pasábamos por la calle de López y veíamos a esas francesas muy blancas, rubias y guapísimas, que se sentaban en batas de seda, enseñando las mallas...?

—Sí —respondió la tía Manuelita—, eran de la *cascarita amarga*.

Sonrieron todos, menos Lorenzo, a quien le acometió reflexivo disgusto y muda rabia, pues ya sabía que *cascarita amarga* era muy malo y se aplicaba sólo a personas de cierto género de vida y conducta despreciable, de lo peor, doliéndole que aquello ocurriese precisamente allí, bajo el nombre de su abuelo, tan ilustre.

Con este despecho se acostó.

Muy temprano empezaron los estrépitos de unos albañiles y acercóse a meditar en cuánta piedra podía contener el pretil de una ventana, cuyo hueco, acabada la obra, le pareció enorme, ocupando parte del vacío libre, del quitado pretil, una vidrierita, con patas de tijera, para dulces.

Los días ordinarios que siguieron los empleó en frecuentes rezos a voces, sí, de compras, cualquier madre amiga —de esas que suelen pedir fiado— con algún hijo suyo viniera, y las tías, para producir asombro y ufanarse del sobrino, dijesen:

—Reza de corrido el "Yo pecador..."

O:

—Dí el Responsorio de San Antonio de Padua.

—¿Todo?
—Todo —exigíanle orgullosas.

> Si buscas milagros, mira
> muerte y error desterrados,
> miseria y demonio huídos,
> leprosos y enfermos sanos.
>
> El mar sosiega su ira:
> redímense encarcelados,
> miembros y bienes perdidos
> recobran mozos y ancianos
>
> El peligro se retira:
> los pobres van redimidos
> cuéntenlo los socorridos
> y díganlo los paduanos.
>
> Gloria al Padre, Gloria el Hijo
> Gloria al Espíritu Santo...

O bien:
—Ahora, *de corrido*, "La Magnífica".

Glorifica mi alma el Señor
y mi espíritu se llena de gozo al contemplar
la bondad de Dios, mi Salvador,
porque ha puesto la mira
en esta humilde sierva suya...

Al llegar aquí Lorenzo tragaba siempre saliva y precozmente sentía ofendida su masculinidad —por lo de *mira* y *sierva*—, queriendo corregir la oración que presumiera equivocada. Pero como la figura "de corrido" la interpretara en literal actividad y le sonase a "distraído", "divertido", antes de comenzar su cantinela armábase del primer cuero, cordel o paño de sacudir que hallase a mano y con él flagelaba, persiguiéndolo, entre los rezos a voces, al otro infeliz niño que tuviese delante, quien las tías querían sólo hacer victima de envidia y que en el fondo de su corazón debía maldecirlo.

VI

Algunos domingos, después de misa, comer y cerrar el estanquillo, las tías lo llevaban por la tarde al Colegio Josefino. Allí, bajo los corredores en arquería o entre los arriates del jardín, los seminaristas charlaban con sus familiares de visita. Eran estos domingos como de fiesta para el seminario y todo parecía muy alegre. A la vuelta, Leonor y Conchita, isócrono el andar sobre la acera, desataban coloquios siempre iguales.

—¡Qué afición tiene!

—Desde muy chico —¿recuerdas?— su juego predilecto era componer altares o nacimientos, cuando no estaba subido a las sillas que cogía por púlpitos para imitar los sermones. ¡Y qué bien pescaba el tono de la voz, los ademanes de los Padres!

—Es que ya Dios lo llamaría por ese camino.

—Va siendo admiración ver de lo que es capaz la Voluntad Divina: cómo escoge a una mísera criatura para representante sobre la tierra y le ilumina a ese punto el pensamiento...

—Es que de los humildes es el Reino de los Cielos.

—¡Y la suerte del Chato Quintanar, con alguien que interceda por él ante el Señor y lo encomiende en sus oraciones!

—Eso sin contar que la madre del muchacho, que era una alma bendita, estará rogando por su hijo y velando por los dos...

—Y además la otra buena suerte de Moisés, al entrar a este seminario donde es rector el padre Lavalle que está en olor de santidad.

—En opinión de santo...

—¡Un santo!

Ahora las tías esmerábanse en preparar cafiroletas, ropa interior y camisas de regalo para el seminarista.

Lorenzo, por su parte, seguía siendo la maravilla del tenducho.

—Es el primero, el primero en la doctrina.

Pero al ocurrir temblores de tierra mostraba, para desazón de sus parientas, el más absoluto descreimiento en la eficacia de las oraciones.

—Híncate, criatura... ¡Lorenzo! ¡Lorenzo ven, híncate y reza!

Sin responder a los llamados corría a colocarse debajo de la ventana de la calle o andaba ya fuera, tanto porque comprendiese quizás que el arrodillarse y rezar impediría libertad a sus movimientos en caso de aumentar el sismo, cuanto que a su miedo, por los mil relatos oídos acerca del terremoto de San Francisco, unía gran curiosidad, secretos deseos de que pasara lo mismo, y situábase a manera de no perder detalle al caer los edificios, abrirse la tierra, saltar el fuego y barrer con todo entre los alaridos de la gente que, aterrorizada, desfilaría en masa junto a él.

Cierta noche que hubo temblor y sus tíos de enfrente hallábanse de visita, en vez de arrodillarse, como Leonor y Conchita, salieron tras de Lorenzo. Luego entablóse por ello gran disputa y sentenció la tía Manuela:

—Pues yo soy de opinión de que Dios ayuda al hombre si el hombre sabe ayudarse a sí mismo, y no hay que arrodillarse en el primer lugar donde a una le coja, sino antes buscar lo menos peligroso...

—Ahí, verbigracia —dijo el tío Tomás señalando a la ventana, que era donde el matrimonio se había guarecido—... Aquel —agregó, al remirar y medir de arriba abajo las anchas paredes de la ventana— es el sitio más seguro de la casa; si los techos se desploman, queda la persona protegida por el dintel y hay posible salvación.

Lorenzo añoraba sus meditaciones acerca de la excesiva piedra que los albañiles extrajeron cuando demolieran el pretil y escuchó muy ufano el razonamiento del tío Tomás, creyéndose a partir de entonces más inteligente que sus tías, las cuales objetaron aún algo de pronto, pero en adelante, cada que presentáranse temblores no rezarían sino hasta después de correr en pos del chico, para alinearse de rodillas en el vano de la ventana, cuidadosas de quedar bien a cubierto debajo del dintel.

La conciencia del Día de Difuntos brindábansela unos esqueletos de reventa, pendientes del techo, figurados en madera o en cartón y con un hilo colgante a la parte de atrás que servía para darles movimiento. Gustaba pasar el tiempo tirando del hilo y consiguiendo extraños bailes nuevos de los esqueletos. En el tenducho vendían *panes de muerto*, *puchas* y *mamones*. Por la tarde la tía Leonor iba a la casa de enfrente y llevaba, con Manuela y Tomás, flores al cementerio. De regreso, Conchita ofrendábale al tío Tomás el mejor y más grande pan de muerto; Lorenzo no sentía entonces ninguna envidia de los hijos de doña Marianita, pues los tíos de enfrente se quedaban en el estanquillo a tomar chocolate y le tocaba un pedazo de aquel pan de huevo que partía y compartía el gordo, parsimonioso, tío Tomas. A veces no se acababan todo el pan en la merienda y mordíase la lengua de sorda rabia por la certeza de que Leonor guardaría, luego, el pan sobrante en una lata, de donde lo sacarían duro y frío después de una semana. Antes de acostarse, mientras cabeceara de sueño y le martirizaran a pellizcos entre *no te duermas* o *despierta* a cada paso, rezaban el rosario a las Benditas Ánimas del Purgatorio, para terminar con las correspondientes letanías.

—Padre celestial, que eres Dios...
—Ten piedad de ellas...
—Hijo Redentor del Mundo, que eres Dios.
—Ten piedad de ellas...
—Vaso espiritual de elección...
—Ruega por ellas.
—Vaso de verdadera devoción...

Los frecuentes regalos, las alabanzas y el doméstico respeto que atrajérase el primo seminarista, le indujeron a repetir:

—Yo quiero ser también como Moisés.

Ante su pertinaz monserga las tías, complacidas a este respecto, aunque despreocupadas en un principio, hablaron con el sobrino, y éste prometió llevar el asunto al rector del seminario. La tarde de un jueves le calzaron, le vistieron y bajo suspensa impresión de ánimo le condujo Leonor hasta la sala umbría, quieta, beatífica, del padre Lavalle, anciano bondadoso que le recibió sonriente y lo sentó a su lado, si bien demostrando cierto estiramiento y falta de interés por la interna fogosidad del chico que casi no pudo hablar de cortedad. Esta actitud y el opresor ambiente del seminario en ese día, que pugnaba con el que creyese reinara siempre a juzgar por el festivo que de visita viera los domingos, más la repentina ocurrencia —acaso tentación del diablo— de la conducta de las tías, tan gritonas en el estanquillo como humildes ante los sacerdotes, y las palabras del rector: "Cuando seas mayorcito vendrás, pero ya para no salir de aquí ni ver a tu familia; te quedarás con nosotros" —le instaron allí mismo de súbito, aunque callando, a renunciar a sus propósitos.

De regreso, al interrogatorio de la tía Leonor, contestó deshecho en llanto:

—Prefiero quedarme viéndolas a ustedes...

Cierta noche dijeron los tíos de enfrente:

—Aún no paga pasaje, que venga a dormir a casa para levantarse temprano y nos lo llevamos a Veracruz. Va también doña Oliveria con nosotros.

Mientras viva no olvidará nunca los incidentes de aquel remoto viaje: las cumbres de Maltrata, donde el tren, torcido como un gusano, reptaba despacio sobre el puente, y que desde la cola comentaron al ver sus dos locomotoras delanteras: "Ahora lleva las máquinas *cuatas*"; el olor especial del mar; la visita a un barco y los hombres desnudos que trabajaban en la bodega; que su tía Manuela —según doña Oliveria, la de los negros mitones— *se endiabló* en Veracruz, pasándose las noches en vela a *causa del calor*, según el tío Tomás. De vuelta hicieron parada en Orizaba en una casa de escaleras exteriores, voladizas, y a las dos de la mañana llegó a despertarlos un viejito de barbas blancas y farol sobre largo chuzo, viejo amable al que siguieron hasta la estación, tiritando de frío por las calles desiertas, luego de bajar las escaleras de aquella casa entre la luna. Después, que por algunos cromos ha sabido lo que es el Santa Claus, cada vez que los ve le recuerdan al viejito.

Vino Moisés a pasar las vacaciones y dio pie a que Lorenzo le profesara implacable ojeriza, porque una mañana, al coger un papel en seña de ir al excusado, dijo con su malicia sutil, única, de clérigo:

—Voy a ver a Juárez...

¿Juárez no era el íntimo amigo del general Miguel López, abuelo suyo y padre de Conchita? ¿Y por qué Conchita en lugar de ofenderse rió, lo mismo que Leonor, y ambas empezaron a decir cada que manifestaban gana de salir al excusado: "Voy a ver a Juárez"?

Durante aquellas vacaciones refirió Moisés cómo el padre Lavalle había muerto de cáncer y cómo en sus últimos instantes las monjas que lo atendían echaron a través de un postigo una bandeja con sangre putrefacta del rector. Cayó la sangre en un arriate del patio y salieron allí rosales con flores rojas. Añadió Moisés —pasó al estanquillo y repercutió en el barrio— que iban a canonizar al padre Lavalle. Con tal motivo el seminarista dejaba boquiabierta a las tías, mediante conferencias como la que sigue: "La palabra canonización significa inscribir el nombre de la persona predilecta en el catálogo o *canon* de los *Santos* para que los fieles le rindan culto. Antes, los simples obispos reunían en sí poder bastante para beatificar y canonizar, pero después la Santa Sede fue restringiendo este derecho hasta que Alejandro II en 1170 por su decreto *Audivimus, de Reliquiis et veneratione sanctorum*, se los vedó terminantemente y dispuso que sólo la Santa Sede podía dictar quiénes deberían ser santos venerados. Cuando el Papa permite que la Iglesia Universal rinda culto a algún santo, este permiso, tácito o expreso, equivale a una canonización, la cual puede manifestarse por un decreto o por incluir el nombre del santo en el Breviario, el Misal o el Martirologio Romano, y entonces se llama *canonización equipolente*. De tal forma han sido canonizados miles de santos. Pero las canonizaciones solemnes son bien pocas, pues apenas llegan hasta hoy, 1909, a doscientas cincuenta y una, con las últimas de San Clemente María Hofbauer y San José Oriol, dispuestas por nuestro Santo Padre Pio X en 15 y 23 de marzo respectivamente. La primera canonización solemne fue la de San Ulrico, obispo de Ausburgo, muerto el 4 de julio de 973 y canonizado por Juan XV el 3 de febrero de 993. La bula de Juan XV, *Cum conventus esset factus*, dice que primero se leyó, ante el Papa y los obispos reunidos, la vida del obispo de Ausburgo, lo que equivale al decreto de la heroicidad de las virtudes del santo. En seguida se trató de los milagros operados por su intercesión y menciona la cura de paralíticos y ciegos; el Papa sentencia que San Ulrico es digno de que se le rinda culto y termina con las censuras en que incurren quienes se opongan al mandato. La canonización más rápidamente habida es la de San Pedro Castelnau, muerto el 15 de enero de 1208 y canonizado por Inocencio III cincuenta y siete días después, y la más solemne de todas, la del santo mexicano Felipe de Jesús —muerto en 1597 en el Japón— y sus veinticinco compañeros mártires. Para ella, el año 1862, Su Santidad Pío IX, en trance de gran duelo para la Iglesia, cuando trataran de arrebatarle sus Estados, invitó a todos los prelados de la cristiandad para que lo acompañaran en la canonización; los obispos acudieron en mayor número que los que fueron a declarar el dogma de la Inmaculada Concepción ocho años antes, en 1854. Tal honor estaba reservado a México, a nuestra patria, que tan múltiples privilegios ha recibido de la Santa Sede".

Las pobres tías, asombradas y orgullosas del sobrino, ignoraban que, con paciencia, tanta sabiduría, erudición tanta, podrían adquirirla baratísima en cualesquier almanaques del *Más Antiguo Galván*...

Y empero, a pesar de que Lorenzo oyese frecuentemente "lo van a canonizar", "pronto, ya mero lo canonizan", pasó el tiempo y nunca supo más si el padre Lavalle, durante su vida en olor de santidad, en opinión de santo fue o será canonizado, pese al hermoso milagro que transformara la podredumbre en perfume y tiñera de rojo los rosales.

VII

Desde mediodía toda la vecindad anduvo en ajetreo el 31 de diciembre: quienes barrieron y baldearon el patio; quienes sacaron a las puertas de sus casas grandes macetas con plantas de adorno; quienes tendieron arriba, de un extremo a otro de las azoteas, hilos de chinescos farolillos y caladas hojas de papel. En eso último tomó el seminarista Moisés ardiente participación y fue a su iniciativa que desplegóse a la entrada de la vecindad, entre columna y columna del portal, una franja corrida, de papel también, con los colores verde, blanco y rojo de la bandera mexicana y esta dorada leyenda en medio: *Feliz Año 1910*.

Por la noche hubo música, baile hasta el amanecer, bebida, ruidazo, interjecciones mayúsculas y riñas; pero no como en la vecindad de doña Marianita, donde a lo mejor del fandango salió un muerto.

Allí no. Allí con el bullicio, los abrazos y besos del año nuevo, franqueáronse las almas, estrecháronse los corazones y se dijo y acordó que como Luz y Othón iban para tres años de noviazgo sería necesario, en bien del honor de ambos —particularmente de Luz— puntualizar aquellos lazos, viéndose los enamorados no a escondidas, cual viniesen haciéndolo, sino de manera formal y en la casa del estanquillo bajo el ojo de las tías (que a falta de la madre aún estaba sobre la tierra la vigilancia de ellas) y nunca en la del padre de Luz, donde éste jamás parara y hubiera, en consecuencia, sólo chiquillos y chiquillas, o, peor todavia, Carmen, que fuese ya, también moza soltera —"huérfana y en edad de merecer", dijeron textualmente—, por lo cual visitar allá el novio a la novia podría traer, ¡y de balde!, a la gente, más lana para su maraña de chismes y sospechas.

El 2 de enero, muy temprano, terminadas las vacaciones, volvió Moisés al seminario.
—Pronto cumple los siete años...
—Ya pronto —respondió Leonor—, el 10 de agosto: el día de San Lorenzo.
—Pues en cuanto los cumpla irá a la escuela.
—Sabe ya deletrear y con la memoria que tiene aprenderá a leer en un tris.
—Habrá que prepararlo, hacerle dos pantaloncitos nuevos y dos blusas.
—Sí, de esas telas de baratillo; bien oscuritas, que guardan bien la tierra.
—Les hablaremos a las Rodriguitos —resolvió Conchita—, las de la escuela de la Luz, aquí a la vuelta nomás. Tan cerca como queda, podrá ir solo el mocoso por la misma banqueta, y no habiendo calle que cruzar no estaremos con el pendiente de qué le pasó o no le pasó, si alguna vez lo demoran en la escuela... Cincuenta centavos por mes creo que cobran.

Othón era un perfumado joven currutaco de anchas espaldas, carirredondo, boca larga y carnosa, dientes fuertes y blanquísimos, cabello duro muy negro, cejas espesas, nariz plana, cutis indio —polveado siempre— y carácter simpático y alegre. A las ocho de la noche llegaba para conversar con su amorosa dueña e íbase al punto de cierto especial bostezo de cualquiera de las tías, una significativa mirada al reloj o la indirecta de inquirir —"¿A cómo estamos?" —para responder: —"Volando se pasa la vida... ¡Ya son las nueve y media!"—. Lorenzo queríalo mucho porque le traía dulces, lo lanzaba al espacio, hasta rozar el techo, recibiéndolo con sus manazas en el aire, y le regalaba, además, dinero, cada cuando acordara el galán, o el chico le pidiese. Acostumbraba salir disparado hacia Othón y aventarse contra él. Y así una vez, que viendo a éste desprevenido, con las piernas muy abiertas en una silla, efectuase la travesura, no pudo el hombre reprimir un lastimero grito y llevarse presuroso las manos a las bolsas de sus pantalones.

—¡Ay...! —profirió la queja.

—¿Qué? ¿Qué fue? —indagaron novia y tía, asaz turbadas y solícitas.

—Nada, nada —exhaló repuesto, mientras sacaba de los bolsillos una mano y luego la otra, que disimuladamente anduvieron por las entrepiernas poco rato.

—Un vaso de agua, ¿quieres un vaso de agua? —ofreció, intuitiva, Luz.

—No...Bueno, sí, un vasito de agua.

En aquel momento y después, las mujeres riñeron mucho al rapaz por su imprudencia.

Días más tarde en que abriese una de las puertas sin pestillos de los excusados, sorprendió al novio de su hermana envolviéndose el miembro viril con algodones. Prodújole aquello un indecible asco hacia Othón, el cual, aunque nada le dijera nunca, descubrióle su recóndito pecado, dándole a entender que callase y guardara el secreto para sí, al traerle doble ración de dulces esa noche. Presto pasó el asco y renació el afecto como antes.

El 11 de agosto, un día siguiente al de su santo y cumpleaños, fue a la escuela. De la mano le condujo su tía Conchita, que cargaba en la otra una pequeña silla —toda roja— de madera frágil, un silabario y tres barras de gis, requisitos bien modestos que exigía la pareja de hermanas, profesoras de la escuela.

Al abrir su arcón las noches volcaban entonces, además de sus joyas cotidianas, la de un cometa, el gran cometa Halley. En septiembre, para el *Centenario*, los días 15 y 16 fue, con la familia entera y el retrato de Hidalgo en miniatura sobre listoncito patrio al pecho, a los desfiles militares y a la inauguración del monumento conocido por el Ángel de la Independencia, en el Paseo de la Reforma. Las proporciones gigantescas que tomara el bellísimo cometa persuadieron a creer la especie de que el 17 chocaría su cola con la Tierra y sería el fin del mundo. Por la mañana, pues, a instancias de sus tías confesó e hizo la primera comunión para volar derecho al cielo; pero a la tarde, los vecinos, decididos a no morir ocultamente sin llevarse delante una póstuma buena borrachera, o morir juntos, de ella o entre ella, volvieron a enjaezar el patio por mor de esperar y festejar el cataclismo, la muerte segura, con el más grande jolgorio. Al obscurecer llegó el Chato Quintanar a la cabeza de su banda y empezó el general ingerir de *calichal*, bebida hecha de cerveza con tequila: a las diez ya una solterona beata de lentes gruesos, de ordinario gazmoña y bien redicha, solicitaba llana y muy alegre, a gritos, un amante que la sacase a bailar; a las once la banda atacó desaforadamente el himno nacional; a las doce el circunspecto señor Despardons, hijo de franceses, reportero de *El Imparcial* y conocedor y aficionado —según fama— de la buena música, pedíale al Chato Quintanar que demandara de su murga *La Tempestad*. No bien comenzó el solo de trompeta, la tía Conchita, creyendo que era la que ha de anunciar el principio del Juicio Final, se desmayó, por lo que hubo de meterse la familia a dormir, no sin grandes trabajos del cargamento en vilo de Conchita y su reanimación consecutiva, entre la interna burla de Lorenzo, que dióle por ver cuanto pasaba muy chusco y, para su sayo, desternillarse de risa.

El Colegio de Nuestra Señora de la Luz ostentaba un rótulo de marco negro, fondo azul y amarilla caligrafía inglesa. La puerta era verde y la fachada cárdena, color de lengua. No tenía ventana exterior y dentro estaba en penumbra durante las horas de clase y cualquier tiempo. Desde la sala, que hiciera oficio de aula, veíase a la izquierda un tétrico cuarto con dos camas y sendas esteras en el piso, frente a frente; sobre las esteras, en dos sillas bajas y mellizas, las ancianas maestras, de riguroso negro, cosían silenciosas, mientras los educandos —tres niños y cuatro niñas— cantaban en conduerma el silabario. Oblicuo al cuarto de las camas, en el más obscuro ángulo de la sala, que en sentido colateral era el opuesto al de la puerta de la calle, distinguíase a duras penas un pizarrón, donde a veces ensayaban copiar las primeras letras bajo el auspicio de alguna de las maestras. A la derecha, siguiendo la misma orientación anterior, es decir como quien viene de fuera, había un abovedado pasillo limítrofe al descrito dormitorio. Una mesa de castaño barniz y torneadas patas, el mantel extendido sobre la tabla y tres sillas a tono de la mesa, con los asientos debajo de ella, sugerían que ese pasillo fuese comedor. De torcer a la izquierda entrábase, por un boquete oval y estrecho, a una cocinita de pretil ocre y hornillas de carbón; quien continuara todo recto, a través de una ojiva saltaría al luminoso patio silvestre con árboles y una bomba al centro, pues aún no disfrutaban aquellos barrios de servicios públicos de agua corriente y alcantarillado.

Paco era el nombre de cierto alumno, sobrino de las maestras.

—¡Mira, mira! —soplaba entre codazos, induciendo a volver la cabeza y fisgar la desnudez nácar de Hortensia, la mayor de las condiscípulas, que no llevó jamás calzones. Pero Lorenzo, ruborizado, no volvía la cabeza, porque Hortensia le gustaba mucho y sentía por ella cariño muy extraño.

Las señoritas Rodríguez —Perfecta y Dedicación— eran epilépticas. Compadecidos, los niños todos las ayudaban a bombear el agua, barrer y otros menesteres, desde que una mañana Perfecta, viniendo de bombear, cayó en ataque impresionante con estrépito del balde. De tiempo en tiempo, cuando no azotaba una, azotaba la otra contra el piso.

Cierta vez hinchóse de gusto.

—Tú debes saberlo, ¿No has oído en tu casa decir a Moisés, tu primo, o a tus tías, cuándo canonizan al padre Lavalle?

—Pronto, señorita, ...pronto, maestra... ¡Ya mero lo canonizan! —puesto de pie pavoneó el pecho, sonriendo y girando alrededor cuello y cabeza. ¡Mas, ay, cuán efímero suele ser anticiparse al disfrute prematuro de un intento vanidoso! No bien terminaba su respuesta, convulsa caía Dedicación con el ataque.

Sigilosamente pasaban unos rumores al oído y de mano en mano las hojas volantes y varia prensa conspirativa por el barrio. Madero. ¡Viva Madero! Maderismo. Su padre, su tío Tomás, Othón, iban y venían preocupados y febriles. Por la noche le llevaron a un mitin que celebróse dentro de una vecina casa, junto a la fábrica de chocolates *La Manita*. ¡Maderistas! Y Lorenzo era maderista.

La tía Manuela llamaba *Tomate* al tío Tomás; pero como éste dijera, muy satisfecho, que el gerente de la Empresa Eléctrica depositaba en él tal confianza, tal afecto, que le decía Tomy, la mujer empezó a entreverar el antiguo Tomate con el "Tomy."

—¿Qué se quema? Algo se quema —dijo Leonor y salió en pos de Manuela y Conchita que se le habían adelantado.

—Es la fábrica de chocolates —pasó, corriendo, un hombre.

—Es en "La Manita" —detúvose a mirar otro curioso.

En efecto allí era; pero como la fábrica lindara con la vecindad de enfrente, gritó la tía Manuela:

—¡Tomy, Tomate, que se quema la casa! —y el matrimonio fue hacia allá.

El vecindario llenó la calle. Vinieron, rebotando veloces por el empedrado, aquellos rojos carros de celestes caballos blancos, para incendios. Conchita, Leonor, Lorenzo, Luz y Othón, purpúreas las figuras bajo el resplandor en baile de las llamas y tras los barrotes de la ventana providencial de los temblores, oían la algazara y contemplaban —suspensa el alma— los reflejos de las bombas con sus brillantes chimeneas de latón, las gruesas mangueras largas, los movimientos innúmeros al cargar de leña las estufas, el agua que arriba se desmenuzaba contra el fuego, los bomberos con sus altos y curvos cascos fúlgidos de centuriones romanos...

Entre las joyas del firmamento aún provocara éxtasis —ya de madrugada— el destello magnífico del gran cometa Halley, que pronto habría de perderse, y al caer la tarde no dejaba la tía Leonor de entonar su favorito canto religioso.

VIII

Usaba Paco pantalones bombachos y calcetines, prendas por las que se perecía Lorenzo aunque miráselas aparentemente desdeñoso, sin atreverse a expresar en casa sus deseos, recelando, con ese altivo temor de huérfano, que le replicaran "esas cosas no son propias para tí" o "cuestan muy caro."

La noche del 16 de noviembre presenciaría, clavada la vista en el firmamento, el teatral espectáculo del eclipse de luna y los próximos tiempos que siguieron no escuchó por todas partes más que sensacionales ronroneos sobre el mayúsculo hecho: *la Revolución*.

En el estanquillo la novedad reinante alternaba sólo con otra interrogativa de las compradoras:

—¿Cuándo? ¿Cuándo canonizan al padre Lavalle?
—Pronto, prontito...ya merito —respondían ora Conchita, ora Leonor.

Vino la Nochebuena, tuvo el que pudo aguinaldos de 1911, algunos más, regalos en los Reyes, y abstinencias todos para la Cuaresma del nuevo calendario.

Lorencito va para los ocho años, Elisa para los diez y Esperanza anda en los once; Joaquín tiene catorce y ya trabaja de herrero en una fábrica de clavos; a Teodorito, que acaba de cumplir los trece, le salió una proposición en el puerto de Mazatlán y por allá se las busca, lejos, ganándose la vida. Si es Luis, el mayor, está hecho un hombre: con sus dieciocho años es subteniente del Ejército... Lo que nos preocupa es el par de jovencitas, Carmen y Luz, de dieciséis y diecisiete, que hacen de amas de casa y se quedan como quien dice solas el día entero con su padre viudo, sin el rigor constante de alguien que las rescate y guíe por el camino del bien...
—respondían las tías a las comadreras clientas, de esas a las que otrora endilgara Lorenzo la runfla de

oraciones, al cambiarse hoy informes sobre sus familias respectivas.

Para mayo, en que la gente silbaba de gusto el destierro del octogenario dictador Porfirio Díaz y entró victorioso a la capital don Francisco I. Madero, le llevaron a una conferencia del licenciado Francisco León de la Barra, presidente interino de la República.

—¡Qué decente debe ser y qué simpático parece este señor León de la Barra con su pelo blanco...!

—Es un gran demócrata —resumió el tío Tomás.

A la iglesia de San Sebastián fueron muchos invitados al matrimonio de Othón y Luz; festejóse la boda, entre convite y la orquesta del Chato Quintanar, en la grande casa de enfrente.

Los más alegres, más gustosos instantes de sí mismo, trájoselos el acertar a deletrear un rótulo de negros caracteres, de cuerpo tan alto como enjuto, pintado sobre la fachada azul del estanquillo: *La Providencia.*

Durante los obscureceres, todavía Leonor cantaba:

> ...*y allí está inundada*
> de *gozo la Gloria*...

Pero una tarde, al regresar del colegio, la encontró pálida, pálida, hundidos los ojos y hacia atrás la cabeza oblicua, llorando en un sillón, mas no de los propios de lujo, de asientos grana, sino en otro de lona enteriza, que hubiese prestado algún vecino.

A un toser hueco, desesperante, sobrevenían los vómitos de sangre.

—Tísis... Echa los pulmones —susurrábase aparte, con llanto, entre familia.

Para los extraños suspiraban quedo, aludiendo a la enferma en liga con el recuerdo mortuorio de la madre:

—Cuando cae el primer grano toda la mazorca se derrumba...

El terror al contagio ahuyentó del estanquillo la clientela. Seca de soledad y desvelo diario, abatida, solía Conchita cuchichear a una que otra fiel amiga que se llegase al mostrador exiguo de "La Providencia":

—Es que el alma de mamá, nuestra madre, la llama. ¡Y ojalá —pídoselo a Dios de todo corazón— se lleve lo más pronto a esta pobre, para que deje de sufrir!

Por las noches, a menudo sentiríasela ir al armario, coger la bandera y deshilvanar silenciosa el hilo de oro (hasta que consumido el fleco no hubo del águila sino la vetusta huella del bordado), para salir a la mañana siguiente mientras Lorenzo cuidaba del tenducho, y regresar momentos después, pesarosa y cabizbaja, con un nudito de papel moneda en la punta del pañuelo.

MIGUEL

1. Equinoccio de primavera

Mis padres nacieron en dos rancherías distintas y distantes; pero debido a las fábulas de que son tema eterno las metrópolis, forjando ilusiones entre los sencillos labradores, vinieron, como tantos, a la capital de la República. Se conocieron en una casa rica donde ambos trabajaban: de jardinero, mi padre, y mi madre de sirvienta. De este encuentro y de sus relaciones resultaron los tres hijos legítimos que viven: mi hermana mayor —Socorro—, mi hermano menor —Pedro— y yo. Bien recuerdo aquella residencia del licenciado Pineda, prócer porfiriano, quien a la sazón, iniciado el movimiento maderista, desapareció un día y huyó a Europa, dejando su palacio al cuidado de mis padres.

Hoy, en 1944, me faltan poco menos de dos años para cumplir la cuarentena. Era yo entonces chiquillo, claro está, y algo travieso. Me deleitaba recorrer todo el palacio, habitación por habitación, y subirme a las azoteas, no obstante los regaños que sobrevenían luego, irremisiblemente, pues aunque mi padre fuera maderista y perteneciese a uno de los más ardientes clubes políticos de trabajadores formados en esa época, manifestaba un respeto sacrosanto hacia la propiedad, y su orgullo, su más grande honor, consistía en vanagloriarse de que conservaba limpia e intacta, de pies a cabeza, la propiedad del licenciado. Debía mantener, sin embargo, la casa ese peculiar aspecto de vacía, porque, pronto, el nutrido ejército de gatos del vecindario se dio cita en el piso alto. Cierta vez, en una de mis andanzas, una de mis exploraciones constantes al misterio de arriba, subí, como siempre, mirando los cuadros, las acojinadas butacas y los sillones aquellos, las alfombras, las vitrinas, las espaciosas mesas, los cortinajes y almohadones, los suelos de mármol, las diafanías, los tocadores, los espejos, cuando escuché un gruñido raro. Era un gato. Sobre la absoluta conciencia de la realidad, el gruñido, la realidad misma, sin embargo, me aterró de tal modo que eché a correr y mi propio pavor espantó al gato, el cual también echó a correr... ¡sólo que detrás de mí! Por lo que con el cabello erizado más bien volaba que corría saltando los peldaños de la escalinata. Vuelto el rostro, miraba, pávido, que el maldito gato no cejaba en perseguirme. Así bajé, atravesé el patio y llegué a la sórdida zahurda, la portería en que vivíamos, para lanzarme hacia mi madre y caer desmayado de susto en su regazo. Claro está que a los mimos y caricias sucedían severas represiones.

Un chico vivo, vivísimo era yo, según decían, especialmente mi padre, quien, cuando llegaba de visita cualquier amigo suyo, pronto me llamaba para presentarme ufano:

—Este es mi chamaco: ya verás qué listo es. ¡Anda! —me llamaba—, súbete al banco y recítale al señor lo que sabes.

Sin hacerme del rogar, muy serio, trepaba yo al banco y empezaba: *"Era la noche del 15 de sep-*

tiembre de 1810. Ante el recuerdo bendito de aquella noche sagrada en que la Patria, aherrojada, rompió al fin su esclavitud..."

Etcétera y bajaba yo del banco, muy emocionado y satisfecho, tanto por las felicitaciones y halagos que se me prodigarían, como por las dádivas infalibles del centavo, y a veces hasta dos centavos.

Por otra parte, desde entonces, ya era también enamorador y enamorado. Cerca de casa vivía una chica más o menos de mi edad, a la que de lejos le mandaba besos volados, gritándole:

—¡Novia! Eres mi novia, ¡eh!

Otra chica, mucho mayor que yo, venía por las tardes a sentarse al canto del zaguán, para vender tortillas a los transeúntes:

—Oye —le decía yo—, si quieres ser mi novia, te ayudo en la venta.

Y junto a la novia imaginaria empezaba a pregonar:

—¡Frías o calientes! ¡Chicas o grandes!

Al sentirme aburrido extendía la mano:

—Ahora, págame.

La chica me daba una tortilla, que, ávido y contento, sintiéndome, por intuición, precoz protagonista del amor rufianesco, me comía.

Del rancho en que mi madre naciera solían venir parientes y amigos a visitarla, cuando no a pasar temporadas con nosotros. Debe hacerse notar que mi madre fue de singular solicitud, ternura y generosidad para cuantos llegaban a saludarla o acudían a pedirle ayuda. En una de esas ocasiones vinieron unas primitas mías, algo mayores que yo. Me gustaba una de ellas a quien mi físico no debió caerle tampoco nada mal, porque siempre quería estar junto a mí. Durante las horas de las comidas disputaba por sentarse a mi lado para poder pellizcarme las piernas ocultamente, al llevar sus manitas debajo de la mesa. Yo hacía lo mismo, correspondiendo con mis pellizcos a los suyos. Por las noches, antes de que nos mandasen a dormir, me pedía que fuésemos de correría, de aventuras a los altos de la casa, e inmediatamente que penetrábamos a la obscuridad me abrazaba fuertemente, me llenaba de besos y me mordía. Luego, sofocada, en voz agónica, trémula, de quien está próximo al llanto, me soplaba en una oreja:

—Miguelito, bésame los ojos, y mañana te daré de los dulces que compre.

Naturalmente, nunca me hice del rogar. Pero sucedió que en ese tiempo fuese también nuestra huésped otra chica, ahijada de mi madre. Y como esta otra chica parecía quererme a su vez, pues me mimaba siempre, se enojó e incontinenti fue a mi madre con el chisme:

—¡Madrina, madrina, la pariente de usted le anda haciendo travesuras a Miguel! —y quien sabe cuánto más no le diría en el oído, por lo que, aunque mi madre se hizo la desentendida, me avergoncé muchísimo y en breve me fui a dormir.

Durante la mañana del siguiente día esquivé la mirada de todos. Procurando no mirar, que no repararan en mí ni que me viesen siquiera, evitaba dar la cara a los demás.

El movimiento de oposición, que contra la dictadura del general Porfirio Díaz, encabezó don Francisco I. Madero, estaba en su apogeo. Mi padre volvía tarde a casa y hubo vez que no viniera en toda la noche, pues, según él, preparaba con sus correligionarios políticos la entrada de Madero a la capital. Una mañana de tantas llegó corriendo, subió las escaleras, abrió los balcones, los enjaezó con enseñas tricolores a modo de cortinas y salió empuñando una de ellas. Para convertirla en bandera perfecta, le sirvió de asta la garrocha que arrebató a la soga del tendedero de la ropa. Tras de él nos lanzamos volando hacia la calle y le vimos montar en una carretela, junto con otros hombres, que alborozados le levantaron en peso al gritar:

—¡Arriba Madero!

Cruzaban sinfín de coches y de gentío alegre, vitoreando y armando boruca indescriptible.

Al vano del zaguán, mi madre se aprestó animosa para los comentarios entre las vecinas:

—Es muy bueno esto —dijo—. ¡Ahora sí va a terminar la esclavitud de tantos pobres!

Y otras señoras secundaban su entusiasmo:

—Vea usted si de veras anunciará cambio, que hasta tembló.

Horas antes, en efecto, había temblado la tierra. Recuerdo que aún estaba yo durmiendo, cuando mi madre me tomó en brazos y salió así, conmigo, al patio, donde me soltó, se arrodilló e hizo que a mi vez hincara las rodillas en el suelo. Acaso por mi corta edad, las conmociones del temblor no me impresionaron; pero sí me horrorizaba el gemebundo rezo, los alaridos lastimeros de mi hermana Socorro y de mi madre.

Semanas después mi padre entregó al gobierno maderista la casa que estábamos cuidando y nos fuimos de porteros a otra, de la calle Motolinía, donde vivimos poco tiempo, pues luego, con la misma investidura, nos mudaron a otra, en la calle Belisario Domínguez. Casa ésta inmensa, con dos patios, un gran jardín de muchos árboles, amplios corredores e infinidad de habitaciones, había sido convento de monjas en un tiempo. Cuando llegamos estaba desierta; pero pronto, poco a poco, fueron habitándola inquilinos. Curioso tan travieso como en un principio, trepaba y metíame por todas partes, y ahora no solo, sino que invitaba a mis amigos de las casas contiguas. Presto exploramos alcoba por alcoba, registramos parte por parte, hasta que en nuestras andanzas descubrimos pasillos secretos que se comunicaban con las celdas donde durmieron las monjitas; más adelante hallamos en el piso de estos pasillos la tabla de una puerta escondida, y al levantarla vimos una escala de piedra que comunicaba con un sótano, donde topamos con esqueletos de personas mayores y de criaturas recién nacidas. De primer momento nos produjeron miedo, pero después empezamos por tocarlos y acabamos cargándolos cual si fueran juguetes, tanto más atractivos cuanto más impresionantes. A menudo, al oprimir los esqueletos pequeños se quebraban o se nos deshacían en los brazos. Particularmente yo, no dije a ninguno de mi familia nada, por temor a que me reprendiesen, ya que para mis adentros tales despojos debían ser inviolables, cosas del otro mundo, objetos santos, divinos, y pensaba que estaba cometiendo un sacrilegio y que hasta quizás nos condenaríamos por ello. Pero mis largas escapatorias de la portería durante horas y más horas nos denunciaron. Una tarde mi madre se propuso averiguar mi paradero en aquellas ausencias, y al encontrarnos supo del macabro hallazgo. Persignándose y rezando contempló en la penumbra el rimero de esqueletos. A poco llegaron mi padre y mi hermana Socorro a participar de la sensacional revelación, y parece que mi padre dio aviso a las autoridades, porque días más tarde vinieron varios señores que se llevaron nuestros esqueletos. El acontecimiento tuvo por resultado que mi madre, apesarada, indujese a mi padre a buscar colocación para otra casa, y nos cambiamos a la de al lado, que también había sido institución claustral de religiosas. Era este edificio más pequeño que el anterior. A grandes rasgos, constaba de un zaguán estrecho y tenebroso; de una pronunciada y negra escalera casi perpendicular; un sombrío patizuelo, y un segundo patio gris —largo y encajonado— con escaleras para las habitaciones de arriba en esta sección posterior. La nueva casa tenía ya más inquilinos. Ocupaba los altos del ala primera la pensión de una francesa que asistía a varios pupilos; uno de los departamentos bajos, hacia adentro, lo alquilaba una familia de cuyo apellido no me acuerdo, y el del fondo, arriba, la familia de los Villavicencio, quienes eran dueños de una tlapalería establecida poco más allá de la propia calle de la del edificio y en la misma acera. Nuestra vivienda, la portería, era el hórrido cuartucho clásico de folletinesca novela truculenta y terminaba en el remate del cubo del zaguán.

Claro de colegir es que el medio aquel se prestara que ni de encargo para diarios sucesos de espantos y de trasgos. A la verdad yo nunca vi ni oí nada sobrenatural; pero mi hermana Socorro, quizás por su temperamento impresionable o a causa de sus adolescentes lecturas, pues ya estudiaba para profesora, era fácil presa de visiones y fábulas de endriagos. Ella y yo subíamos todas las tardes a pasar el rato y hacérselo de paso distraído a los chicos de la familia Villavicencio. Una hija del matrimonio era condiscípula de mi hermana. Los hijos: Néstor y Arturo, el primero mayor que yo y el segundo de mi tamaño, jugaban conmigo a la oca, a la lotería, si no es que nos daba por contarnos cuentos hasta la hora de la merienda, que comprendía una taza de té con leche y algunas galletas. A veces, luego de la merienda, mientras mi hermana y su amiga permanecían aparte y charlaban acerca de los novios, nosotros íbamos a correr y laberintear. Obscurecido ya, nos despedíamos y mi hermana y yo bajábamos de regreso a nuestra zahurda. Pero sucedía con frecuencia que no aguardase yo a mi hermana, teniendo ella que volverse sola o acompañada de Lucha —nombre de su amiga—, y era entonces cuando ante mi madre llegaban jadeantes o en un grito, para susurrar luego que les habían hablado los fantasmas: que seres misteriosos las llamaron, sisearon o silbaron al cruzar el patio; que un bulto las vino persiguiendo en el camino. A fin de cuentas, mi madre y yo teníamos que subir para dejar a Lucha en su vivienda.

2. Solsticio de verano

Ya todos estábamos acostados una noche, cuando mi madre fue a cerrar la puerta del zaguán.

—Allí fuera está María —le contó a mi padre—, sentada y llorando al pie de la escalera. La llamé y no me hizo caso. "Oye María —le dije—, ¿qué te pasa? ¿Otra vez reñiste con la señora? Ya no llores. Vente acá. ¿Cómo vas a pasarte allí la noche? ¡Anda!, no seas tonta. Duerme hoy aquí con nosotros que mañana ya se le habrá pasado el coraje a la señora."

La dicha señora era la francesa que se cargaba un genio endemoniado. Diariamente casi regañaba con las criadas y parece que hasta llegó a pegarles.

—En fin —continuó mi madre—, yo ya me cansé de hablarle a María y no hace aprecio.

A la mañana siguiente, no bien bajó la sirvienta de compras a la tienda, mi madre le habló así:

—Oye, María. ¿qué te pasó anoche? ¿Te regañó la señora?

—¿A mí?

—¿Pues a quién más? ¿No estabas sentada en la escalera llora que llora cuando fui a cerrar el zaguán?

—¿Yo, doña Lupita?

—Pues tú, mujer. ¿No recuerdas que te hablé?

—Lo soñaría usted, Lupita. ¡Si ayer fue uno de los raros días que pasó tranquilo la francesa y por eso, en cuanto terminamos, me fui a dormir temprano!

—Pero, mujer, ¡Si te vi, si te llamé!
—Pues no, señora.
—Entonces, ¿quién sería?
—Pues, . . . ¡quién sabe! ¡Sepa Dios!

María se santiguó, y a partir de aquí, a diario hubo misteriosas conjeturas y asustadizos comentarios para un mes.

Teníamos un quinqué, una lamparilla de tan vibrante y fino bronce, que bastaba el hecho simple de posarla sobre la mesa para que produjera un sonido muy armonioso. Cierta noche, habiéndonos ya todos acostado, sonó el quinqué por el quicio de la puerta, como si alguien lo acabase de colocar allí.

—¿Oyes? —dijo mi madre.
—Sí. ¿Quién ha sacado el quinqué? —preguntó mi padre.
—Nadie. Siempre lo dejamos aquí dentro.
—Pues anda a ver.
—Yo no —repuso mi madre—, levántate y ve tú.
—¿Yo?. . . ? Yo estoy muy cansado —adujo mi padre—. Anda tú, Socorro, a ver.
—¿Yo? —gimió mi hermana—. Me da mucho miedo. ¡Que vaya Miguel!

Y yo fingí roncar.

A tanto y tanto mi madre saltó del lecho, abrió la puerta y encontró el quinqué en el quicio. ¿Quién lo llevó allí si siempre se quedaba encima de la mesa? ¡Nunca he podido resolver este enigma!

Aquel papelero —denominación que damos en la ciudad de México a los vendedores de periódicos—

era pequeño de estatura y jorobado. Así, pues, en mi gratitud asalta mi afecto, mi cariño inefable hacia él, dentro de lo más recóndito de las prístinas raíces de mi infancia, el apelativo in mente de *El Jorobadito*. La desgracia lo marcó desde que vino al mundo y le persiguió toda su vida; creció en el arroyo y un día, hombre ya, lo encontró mi madre y le dio albergue. Mas ¡ay! hemos visto ya lo que fue la portería: *nuestra casa*, donde no cabía ya ni la familia, y el pobre jorobadito rehusó dormir allí para soterrarse por las noches dentro de una covacha que estaba debajo de la primera escalera. En seguida hizo gran amistad, migas conmigo, aunque sólo tal vez para granjearse aún mayores simpatías de mis padres o en agradecimiento por la hospitalidad.

Le jugaba yo toda suerte de travesuras.

—¡Ándale, Pepe, que ahora soy el peluquero!

Le tiraba de la mano para sentarlo en un cajón, le ponía una toalla, tomaba las tijeras y hacía como que le cortaba el pelo.

A veces le propinaba tijeretazos de verdad; pero él reía, reía únicamente.

De un jarro embuchaba el agua en mi boca y le rociaba la cara:

—¡Ándale, eso fue el *chambelán*!

Después le vaciaba un chorro en la cabeza y lo peinaba. El pobre jorobadito no impidió nunca mis juegos ni se quejaba. Reía o sonreía siempre.

En ocasiones nos traía cabezas de pescado que a cambio de periódicos le daban en el mercado de San Juan. A diario me regalaba frutas, dulces.

¡Oh, cuando le llegó su turno! Una madrugada me despertó su clamor a la puerta del cuartucho:

—¡Lupita, Lupita, déjeme entrar!

Se levantó mi madre.

—¿Qué le pasa, Pepe?

—¡Nada, nada; que ya van varias noches que me espantan! Yo no quería decírselo; pero ahora no aguanté.

—¿Pues qué le ha sucedido?

—Mire usted; suele ocurrir como que bajan las escaleras muy de prisa y dando fuertes taconazos. Salgo y no veo a nadie. Otras veces oigo carreras de caballos al galope. Anoche, usted lo vio, llegué temprano y como estaba cansado me acosté en seguida y al punto me dormí, no despertando sino hasta hace poco rato y por haber sentido mucho frío. Pues bien, al despertar enderezo la cabeza y me encuentro fuera de la covacha. ¿Cómo es esto, señora? ¡Me acuesto dentro, me tapo muy bien y despierto afuera y sin cobijas! Adormilado todavía, creía que soñaba... ¡Cuando escuché el galopar de los caballos! Y aquí me tiene.

Todos estábamos ya levantados y se había prendido la luz del quinqué. Trémulo aún, el jorobadito conservaba los pelos en punta y los ojos muy abiertos, redondos, del susto.

Dijo mi madre:

—¡Sea por Dios, José! Ya ve. ¡Cuánto le tengo dicho que se acueste aquí dentro, aunque sea debajo del brasero! Pero usted, ¡cabeza dura!, nunca quiso hacer caso.

—No, Lupita, es que no quisiera ocasionarles mayores molestias... Además me parece que aquí dentro no oiré si golpean el zaguán.

—Nada importa, quédese aquí.

Desde entonces el jorobadito comenzó a dormir con nosotros, debajo del brasero.

A resultas de un espanto de esos, mi hermanita Consuelo, la *shocoyota*, la última de la familia, pues cuando ella nació había nacido ya mi hermano Pedro, menor que yo, comenzó a ponerse cada vez más flaca y amarilla, hasta que murió. Nada valieron pagos de doctores ni las medicinas que le daban.

Alrededor de la manzana entera de casas, los relatos de aquellos enigmas volaron de boca en boca entre los vecinos, quienes para librarse del trato de los espíritus y conjurar las jugarretas del Demonio, redoblaban sus rezos y menudeaban sus visitas a la iglesia de la otra esquina de la calle.

Después que enviudó la señora de Villavicencio mandó reparar, por cuenta propia, las piezas de su departamento. Al quitar el papel tapiz de uno de los cuartos, apareció la imagen de una virgen muy grande, pintada en la pared. La señora ordenó a los albañiles que no borrasen la pintura, pues pensaba traer a un restaurador para retocarla. No recuerdo en detalle cómo pude llegar allí esa vez en tan preciso momento; pero es el caso que habiendo subido a ver a la Virgen, estaba la señora y una sobrina suya, mudita por más señas, escarbando en la pared, de donde sacaron una honda olla vieja, de barro, con alhajas y dinero: ¡monedas de oro, gruesas medallas redondas, aretes, collares, pulseras y otros ricos objetos! Tan sorprendidas como yo ante el hallazgo, ni por aludidas se dieron del inconveniente de mi presencia sino al cabo de un rato, en que la señora me recomendó entre caricias, que no dijese nada de lo sucedido a nadie, ni a mis padres y ni a los hijos de ella —mis amigos— siquiera. En pago de mi silencio me ofreció unos regalitos, los cuales, en efecto, me hizo. Me obsequió un trajecito, unos zapatos, y desde entonces me comenzó a demostrar mayor cariño aún que antes. No había golosinas que no me diera. Parece que merced al producto del hallazgo, la viuda compró una casa en la Villa de Guadalupe, adonde la bondadosa familia, protectora nuestra, se mudó a vivir.

3. Equinoccio de otoño

Con grandes sacrificios me inscribieron de paga en una escuela católica.

Se me había despertado ya la conciencia de nuestra miserable situación y, por ende, acudí ansioso de aprender, pero pronto me decepcionaron el ambiente y los procedimientos escolares. Por principio de cuentas, a causa de la notoria inferioridad de mi indumentaria, los condiscípulos se me quedaban mirando en zahiriente actitud y era objeto constante de sus burlas.

Un día, para castigarme, porque llevé las manos sucias, la profesora hizo que me arrodillase ante un rincón toda la mañana, con los brazos en cruz.

Tan inquieto e indócil como era yo, cada vez que la

maestra no me veía bajaba los brazos y le hacía gestos. Y resultó que estando en una de estas series de visajes, algunos chicos levantaron los dedos en disputa por acusarme, a cual más prestos, a la profesora.

—Niño, ¿qué es eso? —exclamó ella—. Si no te estás como Dios manda te voy a pegar.
—Señorita, ya me cansé; no aguanto más.
—Sigue ahí de castigo con los brazos en cruz hasta la hora de salida, para que vengas en adelante como es debido.
—Desde mañana ya vendré bien, señorita —dije, implorando en vano, pues, sin replicarme, llegó el fin de la clase y así me tuvo.

Una vez exigió que deberíamos llevar cuellos blancos, de holán. Se lo dije a mi madre; pero no hubo dinero para la tela y fui, pues sin el cuello.

—¿Y el cuello? ¿Por qué viene usted así?
—Es que dice mi madre que le diga...
—Aquí no hay dice que valga...

El salón entero estalló en una risotada, y la maestra continuó:

—Debe usted venir como los otros y se acabó. De lo contrario, dígale a su madre que no lo manden ya, porque es un desprestigio, un mal ejemplo para los demás.

—Bueno, señorita, mañana traeré el cuello.

Al día siguiente tampoco pudieron hacérmelo y me negué a ir a la escuela sin él; pero mi madre insistió en que fuese, prometiéndome que hablaría con la profesora.

En cuanto llegué, la maestra inquirió:

—¿Por qué no trajo el cuello? —y me espetó de nuevo un sermón más severo y cáustico que el anterior, y a renglón seguido dijo: —¡Niños, niñas, da comienzo la clase! "Padre Nuestro que estás en los cielos, santificado sea Tu Nombre..."

Luego del Padre Nuestro y tres Avemarías, nos disponíamos a tomar nuestros asientos.

Hallándome meditabundo, absorto, por la falta de dinero y porque mi madre no me hubiese comprendido, la profesora pescó al vuelo mi divagación para dirigirme una pregunta. ¿Cómo contestarle si ni siquiera la escuché? Me obligó a pasar al frente, delante de mis compañeros.

—¡A ver, niño, contesta!

Permanecí mudo, de pie, rígido, serio, con las manos atrás de mi bata muy tiesa de almidón.

—¿Por qué escondes las manos? ¡A ver, enséñamelas! ¿Las traes de nuevo sucias, verdad?

—No, señorita.

—¡A ver, las manos!

Y "¡cras, cras!", sin mirarlas siquiera me las tundió a reglazos, que me dolieron intensa, desgarradoramente.

Berreando de odio y tormento arranqué a correr y salí del colegio a la calle.

Frenético entré a casa con mi llanto y dije todo. Mi padre se opuso terminantemente a que volviese a la escuela. Desde entonces estudié al lado de mi madre, mientras ella cosía, lavaba, planchaba o cocinaba, pues por ayudar a mi padre a mantenernos, casi no tenía un momento de reposo. A la sazón mi padre trabajaba como jardinero en la Alameda y su salario era insignificante. Por esto mi madre recibía ropa ajena para lavar y hasta se alquilaba para fregar pisos. Éramos tres hermanos y un primo nuestro. La alimentación, vestidos y costo de los estudios de este primo gravitaban sobre las espaldas de mis padres, particularmente de mi madre.

—Bueno, mamá, ya es hora del recreo.
—No; hasta que regrese del colegio tu hermana y te tome la lección.

Venía mi hermana; daba yo la lección.

—Ahora ve a jugar un rato y vuelve a seguir estudiando —disponía mi madre.

Así terminé de conocer las primeras letras, aprendí el silabario y las cuentas de sumar y de restar.

Muchas veces en que mi madre velaba, planchando hasta la madrugada, le oí decir que a mi hermana le faltaba poco para recibirse de profesora y que mi primo comenzaba los estudios de telegrafista y no era justo que se quedara a medio camino en su carrera. Confieso mis celos infantiles hacia mi primo, porque él vestía y calzaba mejor y más liberalmente que yo, tenía libros grandes, buenos lápices, y también porque había oído murmurar, entre algunas amistades de la casa, que mi tío, hermano de mi madre y padre de ese mi primo, si no era rico sí vivía con desahogo en el rancho; poseía buenas tierras, huerta de tunas, ganado lanar, magueyes y, en fin, estando en mediana posición no se ocupaba de su hijo para nada. Pero merced a esa envidia, esos secretos celos, me afanaba por estudiar, con el ansia de que al llegar a mayor lograra emprender una carrera.

Sabemos ahora que el movimiento social, iniciado por Madero, siguió su curso ascendente, que los campesinos pobres luchaban por adquirir las tierras que mantenían en monopolio los latifundistas y que los trabajadores urbanos trataban de organizarse para su mejoramiento. Los ricos todos chillaban espantados; los terratenientes preveían que sus feudos se desmoronarían y que sus siervos acabarían por liberarse, y en consorcio con facciones de los imperialismos capitalistas extranjeros, la reacción guadalupana, enemiga del México genuino, de nuestras verdaderas raíces nacionales, al frente y del brazo del viejo feudalismo charro, se aprestó a exterminar el maderismo. Pero entonces no supe yo sino que sobre las cabezas de los de mi partido, los maderistas, había venido el cuartelazo, como llamamos al pronunciamiento de los militares. A la palabra cuartelazo mezclaban, luego, las frases golpe de Estado y los nombres de Victoriano Huerta y general Blanquet, asesinos de Madero. Y antes no vi sino que de súbito mi madre cerró el zaguán en plena mañana y tras ello escuché ruidos de tiros, clamores de vocerío y murmullos de carreras que nos llegaban de la calle. Mi padre no apareció en muchos días y mi madre frecuentemente acechaba, entornando el portón del zaguán, o se ponía el rebozo e iba a ver si lo encontraba. Al cabo de más de una semana, por fin volvió mi padre a casa, tambaleándose con la chaqueta sucia, mal avenida o torcida sobre un hombro, y oculto debajo de éste, abrazado, un proyectil de cañón. Mi madre saltó a su encuentro, pues creyó que venía herido. Ese día riñeron.

—¡Nosotros aquí, con pendiente, desesperados, y tú emborrachándote en la calle! ¡No tienes vergüenza ni compasión de nosotros! Conque si te hubiese pasado algo, ¿qué hacíamos sin saber nada de tí?

—Anda, cállate, que no me andaba emborrachando; estuve combatiendo, defendiendo a los míos.

—¿A cuáles tuyos?

—¡Pues qué pregunta! A los maderistas. ¿No sabes que han traicionado a Madero, lo han derrocado y los que somos maderistas hemos tenido que pelear? Los muy traidores nos tomaron desprevenidos. Pero volveremos por nuestros fueros. Ya ves, si bebí algo fue porque así nos animábamos y ¡viva Madero, hijos de la...!

—Hombre de Dios, cállate; no grites. ¿No te pones a considerar que puedes comprometernos, que si te oyen te pueden llevar preso?

—¡No me hacen nada! ¡Viva Madero, hijos de la...!

—¡Ten juicio y religión! ¡No la amueles más, cristiano!

Mi madre se asió a él y le acostó. Después de llorar y de dormir la borrachera, estuvo mucho tiempo perseguido y sin trabajo. A menudo salía de casa y no regresaba sino hasta pasada media noche.

4. Solsticio de invierno

Pronto hubo hambre. Nada más de esto se hablaba y de la Revolución y la guerra mundial. Teníamos que ponernos en las filas de grandes colas para obtener un poco de arroz, de frijoles o una pequeña pelota de masa de maíz. La familia se dividía e íbamos desde la víspera de uno en uno, a las diferentes colas, donde pasábamos la noche y ocupábamos los primeros lugares. El afán de conseguir algo de comer era ya la obsesión de un devoto empeño en el que todos debíamos colaborar. Para colmo de males, por temor a represalias, unos parientes del rancho vinieron a refugiarse a casa. Me angustiaba hondamente aquella situación, pues ¡mi madre se afligía tanto cuando nada conseguíamos! Vez hubo en que solamente lográsemos un puñado de salvado y otro de harina de haba, con lo cual se hizo atole y una torta rara, de la que nos tocaba un pedacito para todo el día. Me aficioné a salir a la calle y seguir a los grandes núcleos de gente que alborotaban gritando y amenazando a los gachupines. En uno de esos tumultos alguien dijo:

—Vamos a la Salchichonería Francesa.

—¡Vamos! —prorrumpieron los demás.

Estaba cerrado el establecimiento.

—¡Hay que abrir a la fuerza! —vociferaron.

Aquella salchichonería se encontraba en la plaza de Santo Domingo, más acá del antiguo obispado.

La gente comenzó a tirar piedras y a forzar las puertas. Yo, como chiquillo, me escabullí entre las piernas de la muchedumbre y penetré a la bola. De pronto sentí que a compresión me alzaban en vilo, me disparaban, y al abrirse las puertas fui a caer, sentado, sobre el mostrador. Inmediatamente desprendí un jamón, tiré de unas colgantes ristras de chorizos y cogí dos paquetes de mantequilla. Defendiendo aquello con los brazos cruzados, de un salto rodé sobre las cabezas de la bola de gente, que, por quitarme de encima, con rápida y monstruosa contracción me botó de un golpe, cayendo yo despatarrado en medio de la calle. Libre ya y en tierra firme, eché a correr, sin parar, hasta la casa. Muy contento mostré lo que llevaba; pero mi madre se sobresaltó grandemente:

—Miren no más, ¿de dónde has sacado eso? ¿Dónde lo cogiste? Ya sabes que no me gusta que cojas lo que no es tuyo.

—Pero, mamá, si toda la gente arrebataba; no me iba yo a quedar sin nada —y le conté cómo fue todo.

Aquel día no me dejaron salir por temor a que alguien hubiese visto mi acción y me tomaran preso. En el fondo, sin embargo, yo estaba satisfecho de mí, porque tendríamos de comer... y qué cosas: ¡jamón, chorizos, mantequilla! El hambre apretó aún más y continué saliendo y juntándome con las bolas de gente. ¡Cuántas veces como resultado de esta táctica llevé a casa frijoles, maíz, lentejas, azúcar! Recuerdo que de la tienda de una esquina de la calle Manuel Doblado, de debajo de una extensa tarima, sacamos fuertes reservas de frijol y de maíz, cuyos granos estaban ya germinando por la humedad y el largo tiempo de almacenamiento para la especulación.

Quién sabe en qué artes y forma, ni por qué conducto mi madre supo que los zapatistas tenían maíz en abundancia y que de llevarles lo que a ellos les hacía falta le darían provisiones. Una vez, pues, organizó un viaje. Ella y mi padre se fueron, tardaron algunos días y regresaron, trayendo, efectivamente, maíz y frijol.

Preparó un segundo viaje, sólo que para éste mi padre ya no iría, pues a los hombres les era de mayor peligro atravesar las líneas, y además —luego supe— les habían dado el encargo de llevarles armas, municiones e informes. Entonces tuve que acompañar a mi madre. Hicieron dos bultos: uno para ella y otro que debería cargar yo. Contenían café, azúcar, chiles, aguardiente, municiones y pólvora. Fuimos hasta Xochimilco y de allí, por el lago, a Tláhuac, dentro de una canoa trajinera guiada seguramente por enlaces de los rebeldes zapatistas, pues íbamos escondidos debajo de un montón —oloroso, picoso y caliente— de zacate. Transcurrida más de una hora de camino, cuando ya casi me asfixiaba, nos sacaron del escondite y echamos pie a tierra para seguir el viaje. La carga era demasiado pesada para mí y más pesada se me hizo al atravesar un arenal, pues el piso flojo, suelto, ardiente, quemaba mis pies y piernas frágiles, que se me enterraban hasta las rodillas.

—¡Ándale, hijo, camina, que si no se hará tarde y nos van a coger presos!

Tenaz yo, eran mis deseos, mi ahínco, andar más de prisa; pero en vano. Estaba rendido. A menudo caía y me levantaba encorajinado, maldiciendo en berrinche infernal. No obstante seguía la marcha, espoleado por las palabras de mi madre. Al obscurecer llegamos a un puente que le nombraban "puente de tubos", porque sólo consistía en dos largos murillos que iban de cabezal a cabezal. Haciendo equilibrios con la carga encima, lo salvamos. A lo lejos ya se miraba en los cerros las luminarias de los zapatistas. Anochecido volvimos a embarcarnos en otra canoa y llegamos al pueblito de Mixque. Este pueblito tenía dos o tres calles de terrado seco y firme, donde estaban la iglesita, unos timbiriches mortecinos, las casas de las autoridades y el cuartel de los zapatistas; el resto del caserío estaba sobre agua, montado en horcones, y para ir de un lugar a otro había que hacerlo en canoas. Entrevistó mi madre a unos señores, quienes de fijo serían oficiales zapatistas, pues llevaban pistolas al cinto y vestían ceñidos pantalones de charro y sombreros de palma, de altas copas cónicas y anchísimos aleros. Se les entregó lo que habían encargado y ellos turnaron órdenes a unas mujeres, para que nos alojaran y diesen de comer. Otras muchas mujeres se acercaron a nosotros por sus pedidos de la vez anterior y haciendo nuevos. La gente nos trataba con extrema distinción y hacía mil preguntas a mi madre acerca de la capital. Descansamos dos días, mientras nos prepararon la carga de retorno en dos tercios con maíz y frijol; el mayor para mi madre y el menor para mí. Al otro día de nuestra llegada, una mujer joven solicitó de mi madre llevarme a casa con objeto de regalarme un poco de maíz. Mi madre aceptó de buena gana. La moza y yo subimos a una canoa, y despues de que remó un rato y pasamos ante varias casas, llegamos a la suya. Me enseñó el manejo de una escopeta. Luego sacó una muñeca de trapo y me la ofreció:

—¿Te gusta la nena? ¡Mírala qué bonita es! Se parece a tí, ¿verdad?

Sin decir nada me quedé mirando a la mujer, quien al rato me obsequió con unas tortillas saladas y fritas, y en seguida con otras dulces. Después me entretuvo con un conejito blanco, muy bonito, y así transcurrió la mañana entera y parte de la tarde.

A última hora le decía, huraño, a cada instante:

—Bueno, ¿y el maíz? ¿Dónde está el maíz?

—Espera —me contestaba—. Pronto nos vamos. Ya te iré a dejar.

Cuando vi que se hacía de noche comencé a llorar, y ella me consolaba:

—No llores, que dentro de un ratito nos iremos. En cuanto cenes...

Por su parte, mi madre —según supe después— andaba ya preocupada y empezó a indagar quién era esa mujer; pero como tantas se acercaron a nosotros, no supieron darle cuenta. Tuvo que ocurrir al jefe del destacamento para que ordenase mi búsqueda, pues con razón pensó que tal vez trataran de robarme. El jefe mandó a un grupo de hombres, que en las canoas fue de casa en casa investigando por un chico de tales y cuales señas con una mujer muy joven. Siendo el pueblo tan pequeño no faltó quien nos hubiese visto a mediodía en la canoa y diera indicios. Cuando llegaron a preguntar en la casa brinqué inmediatamente y dije:

—¡Aquí estoy! La señora de aquí no me ha dejado ir...

A las voces, ella salió del interior de la casa y se disculpó, pretextando que ya estaba para devolverme, llevándome consigo, pues con tanto trabajo como había tenido no le fue posible antes.

Al abordar la trajinera de los soldados me acordé del maíz y le grité a mi presunta secuestradora:

—¿Y qué pasó con el maíz? No dejante que no me quería regresar, ya ni el maíz me da.

—De veras —repuso ella—, ahorita te lo doy.

Desapareció para volver en seguida con un sombrero repleto del blanco sustento y se inclinó a depositar el sombrero lleno entre mis manos.

Al divisarme mi madre corrió hacia mí, dándole gracias a los zapatistas por haberme hallado y vuelto a ella.

El regreso fue otro calvario, pues el bulto que traía era más pesado aún que el que llevé. Pronto me rindió la fatiga.

Mi madre me animaba y a veces me tomaba de la mano, para casi arrastrándome ayudarme a seguir la dura marcha. Pero ella también se extenuaba con eso y había de soltar mi mano ante su obligada mira, por nuestras riesgosas circunstancias, del mayor cobro forzoso, perentorio, de espacio y tiempo, y no decaer en el avance.

La vista de la capital me reanimó. Al entrar la gente nos seguía, preguntando adónde habíamos conseguido maíz. Un grupo de mujeres pobres, de sin igual obstinación, no se nos despegaba, y en conmovedoras súplicas de que le vendiéramos algo recorrió detrás nuestro el largo camino hasta casa. Mi madre no pudo resistir tanto ruego y a cada una de las seis señoras que nos acompañaron les vendió un cuarterón.

Continuamos regularmente en esos viajes, trayendo y llevando mercancías. Los soldados zapatistas me agasajaban con muestras de simpatía cordialísima, quizás por parecerles raro que un chico de la ciudad aguantase tales caminatas. Una vez que nos sorprendió el enemigo, me escapé. Mi madre me tenía ya bien aleccionado:

—Si algún día me detienen, sigues de frente sin parar. Ya conoces el camino. Llegas al pueblo y le entregas al jefe la carga.

Habíamos convenido en que yo fuese adelante, a largo trecho, y llevase las municiones, los explosivos e informes. En aquella ocasión llegué solo y le conté al jefe lo sucedido, por lo que me felicitó, consolándome al decir que a mi madre nada malo podría ocurrirle y al siguiente día llegaría, como, en efecto, aconteció. Refirió mi madre que la detuvieron; pero que cerciorados de que únicamente llevaba provisiones, la dejaron en libertad, no sin antes amenazarla de que si las provisiones eran para los zapatistas, otra vez que la prendieran la fusilarían.

Tal fue el afecto por nosotros y la confianza de los zapatistas, que el jefe de Mixque nos empadronó y nos asignó terreno y casa en aquel pueblo. Le dijo a mi madre:

—En cuanto ganemos vendrá usted aquí a vivir con su familia, que esto es suyo. Ahí están los papeles de propiedad.

Pero las cosas sobrevinieron de suerte bien distinta. Carranza logró instalarse definitivamente en la capital. Con las utilidades del maíz y frijol que vendía mi madre, alcanzó a reunir algún dinero en papel moneda, papel que pronto dejaría de tener valor alguno.

Pasó el hambre. Se acabaron los viajes y me pusieron a vender unos dulces melcochados, que llaman chiclosos.

—¡A los ricos chiclosos! —pregonaba.

Vendía bien; pero para que no me comiese las ganancias, de antemano habrían de recortar con el cuchillo un pedacito de las orillas de cada chicloso, y yo me la pasaba de venta y comiendo dulce todo el día.

Con la prisa de terminar la narración de estas memorias en el menor tiempo, deben habérseme escapado sin duda, por olvido momentáneo, episodios curiosos que darían mejor idea, más o menos exacta, de la época, cual éstos de que ahora me acuerdo y no quiero excluir.

Cuando entraron por primera vez los zapatistas a la ciudad de México, anduve por las calles buscando entre las tropas que desfilaban las caras de mis conocidos. Era difícil ese reconocimiento, porque aquellos campesinos descalzos llegaban al centro, al Zócalo o Plaza de la Constitución, por diferentes rumbos. Hubo grupos que venían hablando idiomas indígenas, ininteligibles para mí. Antes de entrar, los rebeldes habían dictado, mediante sus agentes, órdenes terminantes de que todo el comercio, sin excepción, mantuviese abiertas las puertas de sus establecimientos mercantiles. En la calle del Reloj —avenida Brasil hoy— estaba el edificio del Obispado antiguo y, frente al Obispado, la gran panadería La Purísima, de grandes espejos corridos en el interior. Aunque desierta y sin ninguna existencia que vender, la panadería estaba de par en par. Un grupo de zapatistas, las armas empuñadas con ambas manos y en actitud lista para disparar al primer tropiezo, entró por la calle del Reloj. Con la natural desconfianza, los soldados venían cautos, precaviéndose de posibles asechanzas, paso a paso, dirigiendo la vista hacia los balcones y azoteas, inspeccionando al cruzar las bocacalles y husmeando con la mirada hacia dentro de las casas abiertas. Al pasar por la panadería y ver por el espejo las imágenes de otros supuestos sujetos que hacían igual que ellos, gritó el que los mandaba:

—¡Uta, manos, gente armada! ¡Québrenlos!

Al fuego de los rifles se vaciaron las lunas de los espejos, cayendo estrepitosamente los pedazos.

Cerca de donde vivíamos trabajaba un viejecillo y su hija Margarita en la reparación de santos y muñecas. La moza, blanca y rubia, era bonita y siempre sola iba de compras al mercado de la Lagunilla. Pero una tarde me pidió que la acompañase, porque como había entrado —me dijo— tanta gente rebelde, sentía miedo. Aunque esto dijo, los hechos inmediatos demostraron que andaba entablando relaciones con un zapatista, quien acaso fuese capitán o mandaría un pelotón de soldados por lo menos, pues cuando nos aproximábamos al mercado, la moza fingió que por casualidad encontraba al zapatista, lo que desde luego me indujo a pensar que estaban ya citados. A poco de andar los tres juntos, ella me compró un helado y me besó, instándome a quedarme solo y esperarla en aquel sitio, y así lo hice; pero casi en seguida de irse comenzó a llamarme a gritos.

El zapatista pretendía meterla en un hotel, que estaba entonces enfrente del mercado. Velozmente corrí; la tomé de una mano, y así el zapatista tiraba para adentro y yo hacia fuera. Mis fuerzas, claro está, eran incomparablemente menores que las de él; pero ella me ayudaba resistiéndose a entrar. Además, ambos clamábamos auxilio, y a nuestros clamores la gente se amontonaba y el zapatista hubo de soltar presa.

De tal suerte libré a esa moza, quien a gran prisa regresó conmigo a casa, diciéndome en el trayecto que no contara nada de lo sucedido, porque su padre la castigaría duramente y sobre mí quizás también cayese de rebote alguna pena, por lo que ya nunca más saldríamos los dos juntos, acabándoseme de semejante guisa sus regalos.

SARAO DE LA CONFITURA

En vestido negro, de calle, vuelve de misa la señora viuda de Renault.

Gruesa, pero arrogante; alta, sonrosada, terso cutis y pelo blanco, antes de mudar el traje y después de tomar el desayuno, entra a la sala para descansar, en un sillón, breves momentos.

Así, todos los domingos. En éste hay un tibio sol de las once, que va ganando más y más la sala.

Desde la vidriera que da al patio se ve un próspero cerezo. Tanto lo cuida la señora, que durante la época de cosecha no permite que le desgajen sino los frutos indispensables para cuatro vasos de confitura que aderez ella misma, tapa y guarda bajo llave. Esa confitura debe comérsela sólo ella y nadie más; está calculada para que le dure todo el año: a vaso por estación. Los demás frutos han de pudrirse o secarse en el propio árbol, a fin de que éste no pierda savia, se conserve lozano, viva mucho.

—Señora, marcho a mi pueblo. Mi novio me ha escrito; me espera. Vamos a casarnos.

—¡Qué disparates se te ocurren, mi buena Marcela! ¡No sabes lo odiosa que resulta experiencia semejante! Si has tenido la suerte de haberte librado de ese yugo, jamás caigas en él.

—Pero, señora...

—¿Es que no estás contenta de mí? ¡Ay, con lo que yo lo estoy de ti! ¿Será que habré cometido alguna injusticia?

—Ninguna, señora. Sucede sólo, solamente, que tengo cuarenta años...

—¡Dios mío! ¿Es que ya te pesa estar a mi servicio? Cuenta, mi buena Marcela, dime: ¿has recibido algún maltrato en esta casa?

—Nunca, señora...

—Pues, nada. Si renuncias al matrimonio, te hago heredera de mi ropa blanca.

—¿De toda, señora Renault? —pregunta la criada con expresión codiciosa y agrega, como incrédula de lo que ha oído:

—¿De toda... hasta la de la cama?

—De toda.

Marcela, tras repaso mental, con vista fija y sonrisa calculadora, dice: —Acepto.

Imposible comprender esta determinación a quien no sepa la estima que se tiene en Francia por la ropa blanca.

Mauricio, hijo único de la señora Renault y propietario de una gran pastelería, es casado. "Fundó su hogar" —frase muy usual de la familia— en una parte del mismo hogar materno, que sufrió tiempo hace reformas adecuadas con objeto de facilitar la independencia al matrimonio. La esposa de Mauricio prestóse a cierta operación ginecológica para esterilizarse, pues embarazos y partos estorbarían seguramente la estricta dedicación al negocio, puesto a su custodia. Existe un acuerdo, un convenio a modo de ley. Cada noche, a las ocho, después de cenar, el matrimonio debe comparecer ante la vieja señora Renault; pero a veces ocurre que la pareja se lleva dos noches sin cumplir lo estipulado, y a la tercera se presenta la anciana viuda.

—Oh, es mamá... ¡qué gusto! —exclama la nuera, lista para despojar de abrigo, bolso, guantes y sombrero a la suegra, después de plantarle sendos besos a las mejillas.

—Siéntate, mamá —dice Mauricio.

—Ya que la montaña no viene hacia mí, yo vengo a la montaña...

"Vas a rabiar, vieja roñosa —piensa la nuera—. ¡Toma!"

—Es que por más que insistí con Mauricio para que fuéramos estos días pasados (*aquí entra la estocada*), me ha sido imposible lograr que quiera ir.

Va y viene un cambio de miradas entre los esposos, que significa: "Tú no puedes desmentir a tu mujer, ¡no!".

—Sí, mamá —replica el hijo—, no hay forma de echar fuera este dolorazo de cabeza que no me deja tiempo ni ganas para nada.

La señora Renault medita, deteniendo una

ráfaga de segundo la vista en su nuera: "¿Te imaginas que soy tan tonta, que pueda sospechar que él no me quiere? ¿Crees que ignoro que sus desvíos para conmigo son obra exclusiva de tus maquinaciones? Pero ni un instante seré yo víctima tuya. Pretendes amargarme, acortarme la existencia apesadumbrándome. ¡Ahora verás lo que hago!"

—¡Ven acá, pillo!

La mirada henchida, radiante de ternura, reposa sobre Mauricio que está ya con el rostro pegado al de su madre, quien le propina un amoroso estironcito al lóbulo de una oreja.

—Trotamundos, andariego...

Cámbianse cien besos ardientes, exaltados, hasta que la anciana pone término a la escena, como ahogándose:

—Ya, ya... Si así debes proceder, si lo entiendo muy bien. La culpable soy yo por el cariño de madre que me ciega, me vuelve irracional. Claro está que el casado debe ser de su mujer.

"¡Hasta esto! —protesta, muda, la nuera—. ¿Con que "debe ser de su mujer", no? ¡A mí que lo he sacrificado todo, hasta la maternidad, por vuestro mayor bienestar, por el negocio, me afrentas, me arrojas a la cabeza que el bribón de tu Mauricio tenga otra, una querida con la cual ha tenido ya tres hijos...!" ¡"Para vengarse, trémula de celos reprimidos, alude con actitud de pesarosa queja:

—¿Ha notado usted, mamá, a qué gran prisa envejece el pobre? No se cuida.

—Al contrario, mi querida, mi buena Eloísa, hoy más que nunca estoy contentísima de verlo tan bien, tan rozagante...

—Pues se le está cayendo el cabello a montones. Muy pronto, de continuar como va, quedará calvo. A mí no me hace caso. Recomiéndele usted, mamá, algún buen específico.

Así discurría risueña la conversación de las dos mujeres, cuyo duelo mental daba idea gráfica de un par de viborillas misteriosas, invisibles en el espacio, y que, prendidas de las lengüetas encarnadas, se aplicaran entre sí los más ponzoñosos lancetazos.

El médico de la señora Renault, uno de los sabios expertos y famosos de París, era —además del médico de rigor— amigo de la familia, sobre todo de Mauricio, con quien cultivó amistad desde las primeras letras, en la escuela. Mensualmente, si es que antes no surgía novedad en la salud de la viuda, el doctor, dentro de la visita regular, practicaba un reconocimiento a su clienta, que no sólo no regateó jamás estos honorarios sino que los excedía mediante pródigos obsequios. Al indicio del menor achaque éste se combatía, y la viuda, de reservas físicas magníficas, disfrutaba de un organismo rayano en lo excelente.

A partir de cada estación mandaba traer a su

modista. Encargábale sombreros propios a su edad, a su figura, que resultaban dechados de buen tono, elegancia, distinción , y en el pago de todo ello tampoco era la señora nada ruin.

Afecta extremadamente a las confituras, poseía siempre, aparte de los cuatro vasos de las de cereza, otros botes, de vidrio también con diversas etiquetas: fresas, ciruelas. No privaba a su criada de este placer.

En horas del desayuno y de cena sacaba tal golosina de uno de los cajones del mueble, donde, bajo llave, la guardaba junto con el pan y la mantequilla.

—Toma.

Marcela aparentaba no escuchar; permanecía cruzada de brazos. Tendido el de la viuda, brindábale una buena raja de pan, sobre cuya superficie pasó el cuchillo casi limpio, porque apenas , de modo rapidísimo, había tocado suavemente la mantequilla, el dulce.

—Señora, señora... —titubeaba Marcela, en gruñidos de actitud sorda y la vista de soslayo.

La señora Renault estallaba en gorjeos excitantes de risa aguda, y repetía la operación tres, cuatro veces, incitando a la criada que, al cabo de su furtiva inspección, recibía la oferta, provista de un engañoso promontorio de grasa en un extremo y un velillo transparente de confitura repartido por el resto.

—Pji, pji —reía la señora Renault.

Cierta mañana unos sonidos mágicos suben a su sala.

Se asoma a la ventana. Su vista cruza el jardín, con el anhelo de indagar de dónde viene aquello. Deduce que es de al lado, la casa vecina, en la planta baja. Desde entonces, arrobada, recibe su matinal baño de emoción con esa música.

Una tarde, por azar, abre la puerta del balcón y acecha. En la acera de la calle, lee un hombre.

—Es él —dícese la anciana, con bruscos brincos del corazón.

La señora Renault corre como jovencita primeriza. En menos de un suspiro cálase abrigo, sombrero, guantes; baja la escalera polveándose ante el espejito de su bolso de mano y, tambien, como cualquier chica novicia, finge distracción para tropezar y sonreír luego con el extraño sujeto.

—Perdón...

Y asimismo, cual chiquilla inexperta, la sesentona deja caer su bolso.

El joven se inclina a levantarlo.

—¡Gracias! Con estos mis ojos tan gastados... ¡Gracias! —repite la señora Renault, al entrecerrar los párpados, simulando miopía.

... estos mis ojos tan gastados —insiste.

Pero con la ventaja de los muchos años encima y a diferencia de lo que ocurriría en casi toda joven, la señora Renault sabe que el tiempo es un corto vuelo y la oportunidad un soplo que torpe sería desperdiciar en más preliminares, los cuales debe sustituir por un directo empiezo.

—¡Ah, usted es el músico de esta calle, que vive aquí, junto a mi casa!

—Sí, señora.

—¿Y usted escribe, compone música?

—Poco... sí, señora.

—Es usted un gran artista.

¡Qué calor, qué artes de sugestión no emplearía, cuando obtuvo, al despedirse, dejar prometido el logro de su afán para la tarde siguiente!

La viuda tenía un inmejorable piano de cola; a temprana hora hizo venir al afinador. Era otoño. Entre la niebla fina del anochecer, llegó el compositor de música.

Aquella escena representa para la dueña de la casa la imagen de un recuerdo, la presencia de una lisonjera temporada: la ocasión única en que pudo —muchos años atrás— serle infiel a su marido.

Al dirigirse al piano, observa, inquieto, el músico, que la señora cierra puertas y ventanas. Se sienta él y toca. Desde entonces, cada viernes, a las seis, sube; charla un instante. Da su concierto.

Poco a poco, la anciana viuda le confía sus sentimientos.

Reglamentariamente, igual que la vez primera, ciérranse puertas y ventanas.

—Para que no lo oiga ésa... mi nuera; que no lo escuche nadie... ¡Esto es para mí sola!

La señora Renault era propietaria de una perrita —Kikí—, atabacada, peluda, pequinés, de la que siempre vivía pendiente, alerta de que no saliese a la calle; hasta durante el concierto la bestiecilla permanecía encerrada, junto a su ama, quien, después de la música, pasaba del brazo del pianista al comedor.

Aquellos viernes, para gran contento de Marcela, se preparaba una suntuosa, una espléndida cena, sin reparos en vinos ni en lo que la criada comiera y bebiese.

A intervalos de tres en tres años, ésta se quejaba, pues el poco sueldo fue siempre el mismo desde que ingresó en la colocación.

—El dinero vale menos. Piense usted: tendré que irme a casar...

—Espera, espera, mi buena, mi querida Marcela... ¿Y la ropa blanca? —decíasele para consuelo y dulce reproche, pero no le aumentaban ni un franco de salario.

Y a medida que transcurría el tiempo, la criada, menos apta y dispuesta a marcharse, quedaba más y más atada a ese destino, con la espera de no perder la herencia.

Un viernes que el músico llegó, la señora lloraba la catástrofe.

No hubo recital.

Kikí estaba encinta. Habíase comprobado. Era el efecto de una vez que huyó de casa.

—¡Cómo, cómo se alegraría! —sollozaba la señora Renault, refiriéndose a su nuera—. ¿Qué dirán mis amistades? Pero de mí no se reirán. ¡Primero envenenamos a Kikí, la mando matar!

Toda la cena se la pasó riñendo a Marcela por el descuido.

Maduraba bien la situación; más adelante apalabróse con el veterinario. Kikí triunfó felizmente del aborto: sana y salva retornó al hogar, pero su ama ya no la quería; triste se pasaba el animalito las horas, echado con la cabeza oculta entre las patas delanteras, sin que le hiciese el menor aprecio.

—¡Si ya no le profeso afecto ninguno! No la tiro al arroyo, no la dejo salir, sólo porque no se sospeche. Lo que se hizo fue para cubrir mi responsabilidad para que no pasara yo la vergüenza —comentaba la señora Renault, cual si se tratase del percance de una supuesta hija suya.

—Caso de honor —azuzaba serio, irónico, sutil, el músico.

—¡Eso!

Paulatinamente el trato fuese ablandando, y una vez que Marcela entró un instante a la sala, el ama, su brazo izquierdo caído, deleitosos los dedos en el suave lomo de Kikí, suspiraba melancólica:

—¡Con tal de que no vuelva a escaparse!
Alzó al animalito y púsoselo sobre los muslos. Marcela salía.

—Y aquí, entre nosotros —agregó para el compositor, baja la voz, en modal picaresco de remitir la intención al acto que causa la preñez ¡qué dichosa debe sentirse de haber logrado siquiera esa oportunidad! Pero aquélla —aludió regocijada, guiñando los ojos simultáneamente a una señal hacia la puerta por donde había desaparecido la criada—, ¡aquélla tendrá que aguardar hasta que yo me muera!

Y rió con esos gorgoritos que estallaban, que su garganta no podía refrenar.

Después de vaivén y ajetreo inusitados, la casa recobra su sosiego. La señora viuda de Renault acaba de expirar. Deja dicho a Marcela que le lega no sólo la ropa blanca, sino toda su ropa, y diez mil francos; pero que le recomienda en pago, como su última voluntad, el ser amortajada con las mejores sábanas. Eloísa, la nuera va de un lado para otro, sin olvidar una detenida contemplación a los armarios.

A punto de tender el cadáver, Marcela trae seis lienzos de finísima batista, en los momentos que aparece Eloísa y la reprende.

—¿Qué despilfarro es éste? ¡Deja esas sábanas tan caras, que no es menester que se pudran y no las aproveche nadie!

—Toda la ropa blanca, toda la ropa es mía,

¡ah, sí!, ¡ah, sí!, y tengo derecho a usarla como quiera.

—Sí: es de Marcela —retumba, desde el contiguo comedor, la voz de Mauricio, quien sobre la mesa llora calladamente, presa de dolor sincero, la muerte de su madre, mientras analiza el testamento.

A excepción de lo de Marcela y otras insignificancias a extraños, los herederos de la señora Renault están entre Mauricio y los hijos naturales de éste. A Eloísa, la nuera, no le deja sino su odio y el consuelo de mirar el cerezo en caricia dulce, pensando que en adelante podrá disponer de él a su antojo.

Kikí es para el músico, que hállase a un ángulo de la pieza mortuoria. El animalito aúlla, como cuando quiere azúcar.

—¡Pídela al Cielo! —le dice, con gruesos lagrimones en los ojos, la doméstica.

Kikí se sienta, levanta las manitas y las agita con movimientos de cabeza. Luego, devora el terrón de azúcar que le cae en el hocico.

ÍNDICE

María "La Voz"	7
Corto circuito	30
El duende	38
El viaje	58
El niño de las 10 casas	80
Miguel	137
1. *Equinoccio de primavera*	137
2. *Solsticio de verano*	145
3. *Equinoccio de otoño*	150
4. *Solsticio de invierno*	155
Sarao de la confitura	166

Este libro fue impreso y encuadernado en empresas del grupo Fondo de Cultura Económica. Se terminó de imprimir el 3 de Febrero de 1983 en los talleres de Lito Ediciones Olimpia, Sevilla 109, 03300 México, D. F. Se encuadernó en Encuadernación Progreso, Municipio Libre 188, 03300 México, D. F. El tiro fue de 50 mil ejemplares.

Diseño y fotografía de la portada:
Rafael López Castro.

LECTURAS MEXICANAS

1
CARLOS FUENTES
La muerte de Artemio Cruz

2
JUAN RULFO
El Llano en llamas

3
MIGUEL LEÓN-PORTILLA
Los antiguos mexicanos
a través de sus crónicas y cantares

4
OCTAVIO PAZ
Libertad bajo palabra

5
RODOLFO USIGLI
El gesticulador
y otras obras de teatro

6
ROSARIO CASTELLANOS
Balún Canán

7
FERNANDO BENÍTEZ
La ruta de Hernán Cortés

8
RAMÓN LÓPEZ VELARDE
La Suave Patria
y otros poemas

9
EDMUNDO VALADÉS
La muerte tiene permiso

10
ALFONSO CASO
El pueblo del Sol

11
JOSÉ VASCONCELOS
Ulises criollo
Primera parte

12
JOSÉ VASCONCELOS
Ulises criollo
Segunda parte

•

13
JOSÉ GOROSTIZA
Muerte sin fin
y otros poemas

•

14
ALFONSO REYES
Visión de Anáhuac
y otros ensayos

•

15
AGUSTÍN YÁÑEZ
La tierra pródiga

•

16
GUTIERRE TIBÓN
El ombligo como centro erótico

•

17
JULIO TORRI
De fusilamientos
y otras narraciones

18
CHARLES BRASSEUR
Viaje por el istmo de Tehuantepec
1859-1860

•

19
SALVADOR NOVO
Nuevo amor
y otras poesías

•

20
SALVADOR TOSCANO
Cuauhtémoc

•

21
JUAN DE LA CABADA
María La Voz
y otras historias

•

22
CARLOS PELLICER
Hora de Junio y Práctica de vuelo

•

23
MARIANO AZUELA
Mala yerba y Esa sangre

24
EMILIO CARBALLIDO
Rosalba
y los Llaveros
y otras obras de teatro

25
Popol Vuh

26
VICENTE T. MENDOZA
Lírica infantil
de México

fce
medio
siglo
1934-1984